暗夜鬼譚

五月雨幻燈（さみだれげんとう）

瀬川貴次

集英社文庫

目次

CONTENTS

登場人物

夏樹【なつき】

いい人ですよ。中流の家の出なのに破格の出世をして蔵人になっちゃったのは、やっぱり人柄のせいでしょう。ご本人は意識してないみたいですけど、容姿だってなかなかのもの。わたしが人間の女性だったらほっときませんって。真面目だし、浮気とかしそうにないし、夫には最高ですよね。でも、どうしてこんないい人が、一条さんの友達なんかやってられるんでしょうかねえ。あの人がもれなくついてくると思うとちょっとためらうなあ……。

一条【いちじょう】

夏樹さんのお隣に住んでる無二の親友。男装の美少女かと見まごう妖しげな魅力の持ち主で、陰陽師としての才能にもすぐれ、天が二物を与えた見本そのもの！　未来の陰陽寮をしょって立つのは一条さんをおいて他にないでしょう！

——これだけもちあげとけば、あとで殴られずに済むかしら。まったく、夏樹さんにはあんなに親切なくせに、同居人のわたしには冷たいんだから。こんなに尽くしているのに、何が気にさわるんでしょうかね？

深雪【みゆき】

夏樹さんのいとこで、弘徽殿の女御さまのところで女房づとめをしてます。夏樹さんのことを好きなくせに、扇でバシバシ頭を殴ったり、意地悪なこと言ったりしてるんですよ。人の見てないところでそれをやるって点に、年季のいった猫かぶりのすさまじさを感じますけど、やっぱり女の子の秘めたる恋心ってロマンですよね。うっとり。

あおえ

冥府の罪人を責める獄卒にふさわしい、たくましい筋肉。美しい毛並みの精悍(せいかん)な馬づらに、宝玉のごとく輝く青き瞳。こんなに素敵な馬頭鬼なのに、ほんのちょっとしたミスで冥府を追放され、一条さんの邸(やしき)で馬車馬のようにこき使われる毎日……。ふっ、泣いちゃだめですよね。いつか必ず戻れると信じて強く生きなくっちゃ!!

賀茂の権博士【かものごんのはかせ】

一条さんのお師匠さんで、この人もとても力のある陰陽師です。弟子とはまたちがった魅力を醸し出していて、通好みの女房たちに隠れた人気があるみたいです。

権博士自身は深雪さんに関心があるみたいだけど、深雪さんは夏樹さんひとすじで、ぐっちゃぐちゃの三角関係に——てなふうにはならないんですよ、夏樹さんが鈍すぎて。残念だなぁ。

真角【ますみ】

賀茂の権博士の実の弟なのに、陰陽師になるのはイヤなんだそうです。一条さんとはなぜか仲良くないですね。顔を合わせるともう喧嘩腰(けんかごし)ですもん。あとで一条さんのストレス解消に利用されるのはわたしなんですけどね。

それに、こう言っちゃなんですけど、水干(すいかん)の衣装もわたしのほうが似合ってるような……て、思いません? 思いますよね?

暗夜鬼譚

ANYAKITAN

五月雨幻燈（さみだれげんとう）

五月雨幻燈（さみだれげんとう）

第一章　災難の種子

燈台(とうだい)の火が、ほんの少しの空気の動きで頼りなく揺れる。そのたびに、屏風(びょうぶ)に映る人影も不安定に躍った。

五月雨(さみだれ)が降り続いているせいか、初夏だというのに少し肌寒い。しかも、雨音だけで、いつもの御所のにぎわいが聞こえてこない。

さざ波のごとき女房たちの笑い声も、恋人のもとへ通う貴族の靴音もなしだ。そのせいか、なんとはなしに不気味さが漂う。

ここ、平安御所の中心近くにある校書殿(きょうしょでん)では、特にその空気が濃厚だった。それもそのはず――西側の部屋に集まった若い六位の蔵人(くろうど)たちが怪談話に興じていたのである。

蔵人といえば帝(みかど)の側(そば)近くに仕える重要な職務。六位という低い身分では通常昇殿もできないが、蔵人ならば特別に許される。当然、彼らもいずれはさらなる上の地位へと駆け登っていくであろう。

とはいえ、厳しい上司の目もなく、同じような年頃の同僚ばかりが集えば、みな普通の若者の顔になる。ここでなら変に気取る必要もない。年相応の好奇心むき出しで、彼らは最近仕入れてきた怪談話を順繰りに披露していく。

「とある家族が方違えのためにとあるところへ移ったんだが、そこは長い間使われていない邸だったらしい……」

やけにゆっくりと話すのは、六位の蔵人の最年長。反応を確かめるように、ひとりひとりの顔に視線を移していく。そのまなざしもかなり怖い。

折しも外では風が駆け抜けていき、簀子縁（外に張り出した廊）近くに植わった篠竹をざわざわと揺らした。雰囲気はますます盛りあがっていく。

「その家族には幼子がいて、乳母がそばについて眠ってたんだそうな。乳母は夜中にふと目覚めて幼子に乳をやったりしてたんだが、その後なぜか寝つけなくて眠ったふりをしていた。すると、隣の塗籠の戸がゆるゆると細くあいて、身の丈五寸（約十五センチ）ほどの小さな五位が十人ばかり現れたんだ」

塗籠とは、開放的な寝殿造の中にあって周囲を壁で囲んだ閉鎖的な一室で、主に納戸として用いられていた。そんなところから五位の地位にある官人たち――位は服装から類推できる――が現れるというのも妙な話だった。

話し手は親指とひと差し指で五寸の大きさを示し、これほど小さな人間がいるはずがないと強調した。ヒトでなければ、それは物の怪だ。

「それで乳母はどうした」

と、他の者が先の催促をする。

「かなり気丈な女だったらしい。五位たちが束帯姿で馬に乗り枕もとを通っていくのを、乳母は『おそろし』と思いながらも、勇気をふりしぼって打撒の米を投げつけたんだ」

打撒とは米をまきちらして悪霊を祓う呪法である。おそらく、初めての邸に泊まる不安から、枕もとに魔よけとして用意していたのであろう。

「すると途端に怪しい者どもは消え失せてしまった。夜明けになってから枕もとを調べてみると、打撒の米の一粒一粒に血がついている。それでおそれをなして、本当は何日かはその邸に滞在する予定だったのにすぐに自宅へ帰ったということだよ」

「その後の祟りは？」

「さあ。特に聞いてないから、大丈夫だったんじゃないか？」

ホッとしたようなため息が、聞き手たちの間から複数、洩れた。

「結局、正体はわからずじまいか」

「だから怖いんじゃないか。米に血がついていたのも、かなり不気味だぞ」

「夢じゃなかった証拠だものな。その乳母もよくやったよ。打撒の米がなかったら、どうなっていたことか」

いったい、どのような因縁のある家だったのか。そういった説明も一切なく、五位たちの正体もわからない。だからこそ不気味であり、その場にいた若者たちはぞわぞわと肌に粟を生じさせた。うっかり視線をめぐらせれば、屏風の後ろから、調度品の陰から、この世ならぬモノが顔を出しているのを見てしまいかねない。そんな不気味な空気が室内を流れる。

「でも、想像してみるとなかなか面白い光景じゃないか。小さな五位が馬に乗って枕もとを行進していくなんて」

同意するような微かな笑い声が起こった。それでも、場に漂う厭な雰囲気は簡単にはぬぐえない。

言葉は唇から発せられるとともに力を持つ。怪異を語れば怪異は起こる。夜ならばなおさら。室内の空気が急にひんやりとしてきたのも、けして気のせいではない。事実だ。彼らとてそれに気づかないでもなかったが、こういう話はひとたび始まってしまうとなかなか止められない。ひとつ済んでも、「そういえばこんな話があった」と必ず誰かが言い出すものなのだ。

案の定、次の怪談はすぐに始まった。

「小さい物の怪の話が出たところで、次は大きな物の怪の話をしようか。これは自分のところの家人の、知り合いの知り合いが本当に体験したことだけどな」

具体的には誰なんだといった、突っこんだ問いかけは出てこない。話に信憑性を付け加えるための粉飾であったとしても、誰もあえて気にはしない。

「そやつが女とある場所で忍び逢(あ)いをしていると、外からひとの声が聞こえてきたらしい。何者ならんと蔀(しとみ)を少し押しあけて見ると、身の丈は軒と同じくらいの大男がいる。しかも、それが馬の頭をした鬼だったんだ」

おおっと小さなどよめきが起こった。

「馬頭鬼(めずき)か」

「女と逢っているときにそんなモノに出くわすなんて最悪だ」

平安の都には鬼がよく出没する。鬼という超自然の存在は、彼らにとって実は身近なものだった。

語り手は聴衆の反応に満足したらしく、にやりと笑った。

「小さくてわけのわからない物の怪も怖いが、大きくて見るからにおそろしげな物の怪もやっぱり厭なものだぞ。しかも、鬼のほうも見られていることに気づいて『よく御覧じつるな、御覧じつるな』と言いつつ覗(のぞ)きこんでくるんだと」

よくも見ましたね――と告げる鬼の台詞(せりふ)部分は、わざと声を低く落とす。効果はあって、聞き手たちはそわそわと落ち着かなげな素振りを見せた。

「それで、その男はどうしたんだ？」

「ああ。逃げ場もなくて焦ったんだが、女もいっしょにいることだし、ぶざまなところは見せられないと思ったらしくてね。男は捨て身の覚悟で、寄らば斬るぞと刀を構えたんだそうだ。その気迫に押されたのか、鬼は『よくよく御覧ぜよ』と言い捨てて何もせずに去っていったんだと」

おののき震える中から、ホッとしたような笑い声が起こる。もしも自分が鬼に遭遇したらどうしたろうと真剣に思案している顔もある。そんな彼らとは、少々異なる反応をしている者がひとりいた。

つい先頃、六位の蔵人の仲間入りをしたために、新蔵人と呼ばれている大江夏樹だ。彼は同僚たちと少し離れて、秘かに頭を抱えていた。

実は夏樹は知っていたのだ。いまの話が紛れもない真実であることを。なにしろ、馬頭鬼出現のその現場に実際、居合わせていたのだから。

（あのときだ……）

もと冥府の獄卒・あおえとわけあって夜の都を出歩いていたとき。あおえの馬づらを目撃し、仰天している男女が確かにいた。あおえが調子に乗って「見ましたね～」と家の中に顔を突っこんでいったのも事実だ。

しかし。

むこうの男が刀を抜いて構えたうんぬんは記憶と違う。抵抗など一切なく、女といっしょに気を失ってしまったはずだ。体験した男が他人に話す際、かなりの脚色を施したのだろうが、それを指摘してやることもできない。

（やれやれ……）

夏樹にはあおえ以外にもいろいろと奇妙な友人がいる。なにも自分からそういうものを求めたわけではない。望んでもいないのに、いつの間にか周辺に集まってくるのだ。

（連中が楽しくないって言えば嘘になるけども……）

夏樹の複雑な胸の内に関係なく、怪談話は新しい語り手を得て続いていく。

「鬼といえば」

馬頭鬼の話が出たところで、その雰囲気を引き継ぐように新しい語り手は始めた。

「一条界隈に――」

一条、という名称を聞いて、夏樹はぎゅっと心臓が縮みあがるのを感じた。

彼には、下手をすれば馬頭鬼のあおえより問題が多いかもしれない友人がいる。その友人の名が一条なのだ。

（まさか、一条が何か……）

だが、心配する必要はなかった。

「あのあたりに戻橋という名の橋があるだろう？」

と話は続いていく。人名ではなく、地名の一条のことだったのだ。

夏樹は洩れそうになった安堵の吐息をかろうじて呑みこんだ。幸い、誰にも気づかれていない。

「ある侍が夜中、馬に乗ってその一条戻橋を通りかかったんだと。すると、美しい若い女が橋のたもとに立っているんだよ。女は鈴を振るような美声で『女ひとりで難儀をしていたところでした。お侍さま、もしよろしければ馬に同乗させてはいただけませぬでしょうか』」

　女の台詞部分をわざと身をくねらせて裏声で言う。

「おいおい、気持ち悪いぞ」

　と笑い声があがった。望んだ反応だったらしく、語り手はとても嬉しそうだ。

「それでだな、侍は女の美貌にくらくらっときてしまって馬に乗せるんだ。ところが、橋の途中でふと思うんだよ。こんな夜ふけに身分ありげな美女がひとり歩きするようなことがあるだろうかってね。最初にそう気づいてほしかったがな」

「いや、おまえなら露ほども思わないだろう」

　まぜっ返されても語り手はめげない。

「とにかく、遅ればせながら侍はそう思って後ろを振り返るんだ。するとだ。ともに馬に乗っているのは先ほどの美女ではない。いや、身につけた装束は同じでありながら顔だけが違うんだよ。雪白の貌は朱に染まり、緑の黒髪はおどろに乱れ、頭には二本の角が突き出している。眼は爛々と輝き、くわっと開かれた大口からはおぞましくも鋭い牙が――」

怪異がその本性を顕したところで、突然、外から声が響いてきた。

「申し訳ございませぬ」

それはかわいらしい子供の声だった。けれども、怪談話にのめりこんでいた蔵人たちは、いっせいに「うわっ」と驚きの悲鳴をあげた。

外の人物もこれには戸惑ったらしく、少しの間を置き、おどおどと再度言う。

「申し訳ございませぬが……新蔵人さまへ弘徽殿の伊勢の君よりの使いでございまする。こちらに新蔵人さまはおいででしょうか」

蔵人たちの視線が夏樹へと集中する。同僚たちに凝視され、夏樹は弱りながら顔を伏せて立ちあがった。みんなの後ろを通り、廂の間と簀子縁とを隔てる御簾を押しあげると、かわいらしい小舎人童がそこにいた。

「新蔵人さまでいらっしゃいますね。お時間がおありでしたら弘徽殿に来ていただきたいと伊勢の君からのご伝言でございます」

子供らしい甲高い声は部屋の中まで筒抜けだった。背後で同僚たちが耳を澄ませて聞いているのが見えるようだ。

「ああ……わかった。手があいたら行くから、あまり期待しないで待っていて欲しいと伝えてくれるかな」

「期待しないで、ですか？」

唇を尖(とが)らせ、小舎人童は不満たっぷりな顔をした。そんな返事を持って帰っては沽券(こけん)に関わると思っているのだろう。

「うん……。いちおう宿直(とのい)の間はここに待機せねばならないし……」

口ごもっていると、後ろから袖先を引っぱられた。振り返れば、同僚たちが不吉なにやにや笑いを浮かべている。

「行ってこい行ってこい」

と、彼らは口々に職務放棄を勧めた。

「しかし……」

「いいからいいから」

「どうせ暇を持て余して怪談話に興じていたぐらいだ。構わないとも」

それでも夏樹がためらっていると、同僚のひとりが勝手に、

「伊勢どのには新蔵人をすぐにそちらへ向かわせますと伝えておくれ」

と小舎人童に約束してしまった。

「ありがとうございます」

元気よく返事をするや、呼び止められるのを警戒してか、小舎人童はすぐさま駆け出していった。夏樹はその小さな後ろ姿をただ見送るしかない。追いかけて「やっぱり無

理」と言いたいのはやまやまだったが、同僚の前だとそれもできなかった。

「いいねえ。うらやましいねえ。あの伊勢の君がいとこだなんて」

みなはそう言うが、夏樹にはとてもそうは思えない。

伊勢とは宮中で使われる女房名で、いとこの本名は深雪という。ふたつの名を使い分けるように、彼女は表の顔と裏の顔を持っている。美貌と才の高さで人気の女房・伊勢と、いとこいじめを無上の喜びとしている深雪がいるのだ。

（行きたくないなぁ……）

行けば、宮仕えの鬱憤晴らしにいじめられるに違いない。だが、それを同僚に打ち明けて助けてもらうこともできない。

（仕方がない。深雪に逆らうとあとが怖いから、とりあえずいまは従っておくか）

そう自分に言い聞かせ、夏樹はいやいやながら弘徽殿へ向かうことにした。

彼が重い足取りで部屋を出たと同時に、同僚たちは怪談話を再開させた。

「で、美女が変じたその鬼は侍に襲いかかってくるんだよ。その力のすさまじさたるや、さすがの武士もたじたじになって——」

戻橋の鬼女のせいか、これから逢わねばならぬいとこのせいか、夏樹はぞくっと身を震わせていた。

それにしても肌寒い。雨を避け弘徽殿の軒下でいとこを待ちながら、夏樹は濡れた肩を気にしていた。

(風病なんかひいたらどうしてくれるんだか。どうせ、ろくな用事じゃないに決まってるんだから、少しは遠慮してほしいよな)

いとこに直接ぶつけられない分——そんなことをしようものなら三倍になって返ってくる——胸の内でぶつぶつ文句を垂れる。抑圧が大きいせいか、言いたいことは湯水のようにあふれてくる。

ふと気づくと、背後からぱちんぱちんと乾いた音が聞こえてきた。心の中の文句を口に出さなくてよかったと思いつつ、夏樹は後ろを振り返る。

思った通り。簀子縁に弘徽殿の女御に仕える伊勢の君こと、いとこの深雪がいつの間にやら立っていた。

身を包むのは正式な女房装束。薄紫の濃淡ぼかしや青の濃淡の五衣の上に唐衣を重ね、裳を後ろに長く引いている。手に持っているのはあでやかな花が描かれた檜扇。先ほど聞こえたのは、この扇を閉じたり開いたりしていた音だった。

「来たくなかったっていう顔を露骨にしてくれるわね、夏樹」

脅しめいたことを言い放つ口もとを扇で隠し、にっこりと微笑む。が、その笑みも威嘘であることを夏樹は知っていた。たとえば蔵人の同僚たちだったら、「なんと悩ましいまなざしだ。伊勢の君と気軽に話のできる新蔵人が羨ましい」とでも言うだろうが、とんでもない話だ。

確かに、外見だけ見れば、深雪が若い貴族の間で人気が高いのもうなずける。彼女が並み以上の容貌の持ち主であることは否定しようもない。まさに、洗練された宮中の花だ。

一方、自分は世慣れているとはとても言えない。帝のおぼえめでたく蔵人に出世しても、その点は変わりそうになかった。どうやら父親の地方赴任につきあって周防国（現在の山口県東部）にひっこんでいた数年間で、この決定的な差が生まれたようだ。

だが、夏樹はさほど悔やんでもいなかった。もとから色男ぶるのは似合わないと自覚しているし、いとこのように使い分けができるほど面の皮は厚くない。

「何よ、眉間に縦皺なんか作って」

伊勢の君の仮面を脱ぎ捨て素のままになった深雪は、ぺしぺしと扇で夏樹の額を叩いた。力こそ入っていないが、しっかり角を使っている。

「どうせ、わたしの悪口考えてたんでしょ」

大当たりだったがそうも言えず、夏樹は曖昧な表情をつくった。が、どうもこの反応は深雪の気に入らなかったらしい。

「見とれていた、ぐらいのことも言えないの？　そんなふうだからいつまでたっても田舎くさいのよ」

ぐりぐりと扇で額をこづかれて、さすがの夏樹もむっとなった。邪険に扇をはらいのけ、

「で、何の用で呼び出したんだよ？」

とぶっきらぼうに尋ねる。そんな反抗的な態度に出られても、深雪は気分を害すどころか嬉しそうに笑った。

「見せたいものがあるのよ。ちょっと待っててね」

さらさらと優美な衣擦れの音をさせて深雪は一旦奥へ引っこみ、すぐにまた戻ってきた。その両手には色とりどりの薬玉がのっている。それもひとつやふたつではない。

薬玉とは、さまざまな香料を錦の袋に入れて球形にし、蓬や菖蒲、あるいは造花で飾り五色の糸を垂らしたものである。五月五日の端午の節に、これを柱にかけたり身に帯びたりして無病息災のまじないとしていた。

もともとは魔よけの一種であるが、その美しさゆえに恰好の贈り物になっていた。深雪がかかえている数々の薬玉も、彼女に懸想する男たちから贈られたのだろう。

「そういえば、今日は五月五日だったたな……」

「馬鹿ね。騎射の催しもあったじゃないの」

簀子縁にどかりと腰を下ろした深雪は、頼んでもいないのに薬玉をひとつひとつ解説してくれた。

「ほら、こっちは右馬頭(うまのかみ)さまからよ。配色がいまひとつだと思わない？　でもって、こっちは右大臣(うだいじん)さまの二の君から。造花の細工は見事だけど、全体的に大きすぎて情緒に欠けるわよね。こういうところに趣味だの性格だのが出るから怖いのよ。それから、こっちの可もなく不可もない薬玉は……」

「あの、深雪？」

矢継ぎ早にしゃべるいとこを押しとどめ、ようやく夏樹は口を挟むことができた。

「呼び出した用は何？」

「あら、わからないの？」

深雪は大袈裟(おおげさ)に肩をすくめてみせる。

「この薬玉をみせびらかすために決まってるじゃないの」

「なるほど、ね……」

夏樹は眉間に縦皺をより深く刻んだ。

「自慢話をするために、仕事してるぼくを、こんな雨の中、わざわざ、呼びつけたんだ」

一語一語に力をこめて、怒っているんだぞと示す。しかし、いとこはまったく動じない。

「どうせみんなで寄り集まって、つまらない話をしてたんじゃないの？」

　夏樹はうっと言葉に詰まってしまった。

「当たっちゃったみたいね」

　と、深雪は鬼の首でも獲ったような顔をする。

「興味あるわね。将来有望な蔵人たちは仲間内でどんな話をしてるのかしら。ねえねえ、ここだけの話にしておくから言いなさいよ。どこぞの姫君が美人だとか、誰と誰が恋仲になったとか、そういうこと話してるんでしょ、でしょでしょ？」

　好奇心に目を輝かせて深雪は勾欄（手すり）から身を乗り出す。夏樹は彼女の物見高さにあきれつつ、首を横に振った。

「そんな色っぽい話じゃなかったよ。どこかの空き家に移ったら夜中に物の怪が出たとか、そういう話ばっかりで」

「あら、怪談なんかしてたの。面白そうじゃない。わたし、そういうのも好きよ。どんな話だったの、詳しく教えてよ」

「よせよ。話をするとその手のものは寄ってくるって言うじゃないか」

「寄ってきたら面白いじゃないの。いいから、教えなさいよ。どうせ物の怪が来たって、わたしのほうには出ないで夏樹のほうに行くんだから平気よ」

「どうして、そう言い切れるんだよ」

「夏樹は昔からそういう役回りなのよ。水が高いところから低いところへ流れ落ちるように、災難は運の悪いほうへ降りかかるものなの。だから、観念して教えなさいって。さあさあさあ」

簀子縁から転げ落ちるのではと思うほど身を乗り出し、深雪は顔を近づけてくる。彼女の髪からほのかにいい香りが漂ってきて、夏樹は少しばかりどきりとした。

「なによ、変な顔して」

「いや、なんでもない」

「言いたいことがあったらはっきり言いなさいよ」

間近に迫った顔はひどくおそろしげで、さっきのどきりは跡形もなく霧散する。

（ったく、中身がこうじゃなければよかったのに）

頭に浮かんだことをそのまま言うと殴られかねないので、極めて柔らかく変換して口にする。

「いや、人気の伊勢の君が実はこういう性格だってことを知ったら、薬玉の贈り主たちはどう思うだろうかなと……」

みなまで言わぬうちに、左頰に檜扇がぶち当たった。言葉を変えても変えなくても、結局は殴られる宿命（さだめ）にあったようだ。

「馬鹿ね。こういうところにいたら裏と表を使い分けるのは当たり前じゃない」

深雪は鼻息も荒く言い切った。

「夏樹も蔵人になれたからって油断していると、思わぬ場面で足をすくわれかねないんだから、うまく立ちまわらないと」

「いや、ぼくは別段、出世しようなんて全然……」

「またそんなことを言ってる」

深雪は大きく首を横に振った。

「覇気がなさすぎるわよ。こういう雅(みやび)な薬玉をどこぞの姫君に贈って気をひいて、一発玉(たま)の輿(こし)を狙おうとか考えたことないの？」

「玉の輿って、そんな」

「男は妻(め)がらよ。出世の早さも限界も結婚相手の実家の力で決まってくるんだから」

夏樹もそれくらいは常識として知っていたが、出世に関心が薄い以上に結婚にもまだ興味が持てなかった。むしろ、裏と表とをあざやかに使い分ける深雪を見ているだけに、結婚には慎重にならなくてはと余計に思ったりもする。

「その顔じゃ、誰かに薬玉を贈ったりはしてないみたいね」

見栄を張っても無駄だと判断し、夏樹は「ああ」と短く答えた。馬鹿にされるだろうなと覚悟して。

ところが、深雪は鼻で笑いこそしたものの、それほどしつこくからみはしなかった。

仕方ないわねといった軽い感じで扇を優雅に揺らしている。

「ま、いまの夏樹じゃそんな余裕もないわよね。でも、感性を磨くのも大事だから、こういうものを見て参考にしてちょうだい」

数ある薬玉の中からひとつ選んで差し出す。大きすぎず小さすぎず、やや地味なものだった。

「これなんかいいわよね。しっとりと奥ゆかしく落ち着いてて、定番の菖蒲が実に上品で。贈り主の人柄をそのまま反映しているわ」

なんで薬玉程度でそんなことがわかるのだろうとは思ったが、とりあえずそういうことにしておこうと夏樹は神妙にうなずいた。すると深雪がすかさず、

「あら、贈り主がわかるの？　じゃあ、当ててごらんなさい。誰だと思う？」

薬玉を目の前に突きつけられ、夏樹は低くうなった。

深雪に群がる求愛者の名をいちいち知っているはずがない。もちろん、薬玉に贈り主の名前が書いてあるわけもない。それでも黙っていると怒られそうなので、夏樹は目の前の薬玉に目を凝らした。

五色の糸もひときわあざやかで、みずみずしい菖蒲を引き立てている。贅を尽くしたとはとても言えないが、確かに上品だ。

根拠はなかったが、夏樹は知り合いの名をためらいがちにあげてみた。

「賀茂の……権博士？」

「大当たりっ！」

深雪ははしゃいだ声をあげる。

「そうか、まだ付き合ってたんだ」

賀茂の権博士といえば、夏樹の友人の師匠にあたる。まだ若いながら力のある陰陽師として名高い。落ち着いた魅力をかもしだしており、女房たちの間でもなかなか人気があると聞く。その彼が最近、深雪に関心を持ち、文を届けたりしているらしいのだ。深雪の本性を知らないのであれば、それも不思議ではない。だが、賀茂の権博士はちゃんと知っていてちょっかいを出しているのだ。

「付き合ってはいないわよ。前にも言ったじゃない、折々に文を交わす程度だって」

「でも、現にそうやってきれいな薬玉が届いてるじゃないか」

「あら、全然色っぽいことじゃないのよ。こういう風雅なことは欠かさない律儀なおかたなのよ」

本気でそう思っているわけではないことぐらい、深雪の顔を見ていればわかる。彼女もまんざらでもなさそうだ。

「じゃあ、こっちは誰からだと思う？」

と、別の薬玉を取りあげる。当てなければ校書殿に帰してもらえないようだ。夏樹はやれやれと心の中でぼやきながら、それを受け取った。

さっきのと比べれば色が幾分派手めだ。が、よくよく見れば部分的に同じ色糸を使っている。

「もしや……」

上目遣いに深雪の表情をさぐる。

「真角(ますみ)？」

これまた夏樹の知り合いの名だ。当たって欲しくなかったのに、深雪は大喜びで手を叩いた。

「大当たり！　よくわかったわね」

「そっちの薬玉と同じ色糸が交じっていたから、すごく近しいふたりなんだろうなと思って。しかし……賀茂の兄弟もそろって同じ相手に薬玉を贈るとはね」

真角は賀茂の権博士の弟だ。彼も深雪の素顔を知っていながら――いや、素顔のほうに惚(ほ)れこんでしまったらしい。まだ元服前の身でありながら、兄よりも頻繁に恋文を書いているようだ。実に奇特な兄弟だなと、夏樹は内心、あきれた。

「いいけど、わたしは兄弟の仲を引き裂くようなことするんじゃないぞ」

「あら、わたしはそんなひどい女じゃないわよ」

雨の夜にひとを呼びつけたり、扇で遠慮なしに叩いたりしておいて、ぬけぬけと言う。

深雪はその舌の根も乾かぬうちに、

「でもねえ、迷うのよ。いま現在だったら兄のほうがもちろんいいけど、長い目で見たら真角のほうがお買い得かしらねえ」

と、ため息をついた。

返す言葉がみつからなくて黙っていると、矛先が急に夏樹のほうへ向いてきた。

「何か言いたそうな顔してるわね」

「べつに」

「夏樹だって、本当はわたしに隠れて女房に薬玉贈ったりしてるんじゃないの？　隠さなくていいのよ。誰にも言ったりしないから白状しなさいよ」

「ないない。おまえの言うように、覇気がなくて田舎くさくて鈍感な男だったら、そういう器用なことができるわけないだろ」

「そういえばそうよね」

深雪は満足そうにころころと笑った。夏樹にはどうして彼女がそんなに嬉しがるのかがわからない。

（やっぱり性格が悪いんだな。昔からこいつは、おてんばで意地が悪くて二枚舌で要領だけはいいんだから）

そういう結論を導き出すのがせいいぜいだった。純朴すぎる彼には複雑な女心などわかるはずもない。

「もしもそういう相手ができたら、遠慮なくわたしに相談してね。絶対よ。隠そうとしても無駄だからね。わたしの観察力を舐めないほうがいいわよ」

深雪がしつこく念を押すのも、もしも夏樹に恋人ができたなら、それをいち早く知りたいからだった。なにも意地悪しようというのではない。夏樹のことが好きだからこそ、こういう探りを入れているのだ。

いじめるのも恋心ゆえ。こうして他の男の贈り物を見せびらかすのも、妬いてほしいと願うからこそだ。

賀茂の権博士も真角も、あくまでお友達の範疇。深雪の本命は、この鈍感でどうしようもないいとこだった。

「……どうでもいいけど、ここに呼び出したのは薬玉を見せびらかしたかったからなんだろ。充分見せてもらったから、もう行ってもいいよな」

すでに逃げる態勢になっている夏樹の肩を、深雪はがっしとつかんだ。

「もう行く気？　つれないのね」

台詞だけなら恋人が恨み言を言っているように聞こえる。だが、深雪はいとこの肩をつかんだついでに爪をたてていた。

「痛い痛い」

「大袈裟ね。ここにいるより、蔵人所で怪談を聞いてるほうがましだとでも言う気？　いいわよ、そのつもりなら。帰りたいのなら帰りなさいよ。でもね、夏樹みたいにくじ運の悪い人間が不用心にそんなことをやって、他人に憑くはずの物の怪もまとめてひっついてきても知らないんだからね」

「なんだよ、それ……」

彼女が怒る理由が、夏樹にはわからない。理不尽だと思うばかりだ。

「疑うのなら試してみましょうか。この話を聞いた者は三日以内に十人に話さないと災難に遭うっていう、とっておきの怪談があるのよ。夏樹なら、その日の内に二十人に話したところできっとひどい目に遭うって、保証したっていいのよ」

脅迫じみた言の葉をずらずら並べ立て、つかんだ肩を揺さぶる。夏樹は聞くまいと両手で耳を押さえたが、「それでね、……が振り返るとね」とか「見るもおぞましい……の……がね」とか部分的に聞こえるので想像力を刺激されて余計に怖くなる。

「いいかげんにしてくれよ。怖くないのかよ」

背すじをぞわぞわさせながら夏樹が怒鳴ると、深雪はすました顔で、

「平気よ。何が来たところで全部夏樹のほうへ行くに決まっているもの。さっきもそう言ったでしょ」

「あんまりな言い分だぞ……」

だが、哀しくもこの数日後、深雪の発言は正しかったと立証されるのであった。

真夜中を過ぎて雨のあがった頃、真っ暗な都大路を歩くふたつの人影があった。
先に立っているのは二十歳すぎの青年。紺青の直衣をさっぱりと着こなし、涼やかな気品を漂わせている。

その後ろに従っている者は、彼とはまた別種の美しさを有していた。直衣の青年からは三つ、四つほど年下であろうか。烏帽子に狩衣とまぎれもなく男の装いだが、変装した姫君なのではと疑いたくなるほどのあでやかさだ。

白い肌に、ほの赤く色づいた唇。なまめかしいとも危険ともとれる、きつめのまなざし。氷のような無表情はかえってその美貌を引き立ててさえいる。

このふたりがどこか神秘的に見えるのも無理からぬことだった。青年のほうは、その若さで早くも稀代の陰陽師と噂される賀茂の権博士。そして美貌の少年は彼の弟子で、陰陽師として修行する陰陽生・一条であった。

「保憲さま」

一条は先に立って歩く師匠に本名で呼びかけた。

「依頼人の邸は、いま通り過ぎた角を曲がるのだと思いますが」

権博士の足がぴたりと止まる。振り返った顔にはあわてた様子など微塵もなく、

「そうだったか」

とだけつぶやいて、もと来た道を戻っていく。一条も間違いを正したのみで、それ以上は何も言わずに付き従う。

もしもこれが夏樹と深雪だったなら、かなり騒々しくなっていただろう――「なんで早く言わないのよ」とか「あんたの道の教えかたが悪いのよ」とか。が、一条たちだと至って静かだ。

そのあとも幾度か、一条は師匠を呼び止め、道すじの間違いを指摘した。どうやら、権博士は目的地までの行程を確認せずに――あるいは確認したが忘れてしまい――出発したらしい。この師匠に任せっぱなしにしておけば、一年経っても平安京をうろうろし続けていそうだ。

さすがに度重なると、軌道修正させる一条の声に、わずかながらうんざりしたような響きが混じり出す。だが、それも彼をよく知る者にしか気づかれない程度だ。

彼らが目的地にたどりついたときには、もうかなりの時間が経過していた。邸のほうでは陰陽師の訪れをいまかいまかと待ちわびていたらしく、

「ようこそいらっしゃいました。ささ、こちらへ。あ、足音は控えめにお願いいたしまする」

と、家人にすぐさま奥へと案内され、家主との対面となった。

一条たちが通された部屋には、燈台がひとつしか置かれていなかった。まるで、陰陽師の訪問を隠さなければならない理由があるかのように。

そこへせかせかとした足取りで六十近い男が入ってきた。彼がこの邸のあるじで今回の仕事の依頼人、修理大夫だった。

賀茂の権博士が宮中で修理大夫に呼び止められたのは、今日の昼前のこと。何事かを迷っているふうを滲ませつつ、いきなり近づいてきて、

「すぐにもわが家へ来てもらいたいのです。それも内密に」

と告げたのであった。

権博士は、必ず行くと約束して修理大夫と別れた。とはいえ、すぐに出かけられるものでもない。一条に連絡をとり、祈禱の準備をしたはいいが、ためすぎて提出の刻限が迫っていた書類も片づけなくてはならず。それがようやく終わった頃には雨が降り出し。やむのをのんびりと待っていて、この刻限となっていた。

そんなことはおくびにも出さず、権博士はぬけぬけと言う。

「遅くなって申し訳ありません。なかなか陰陽寮を抜け出せませんで」

「いやいや、おいそがしい身なのは重々わかっておりますとも。で、そちらは？」

修理大夫はおびえた小動物のような目を一条に向けた。

「関与する者が増えましてはいささか……」

今夜の権博士の訪問がよそに洩れるのを、よほど警戒しているらしい。

「これはわたしの弟子ですから、何もご心配はありません。どうぞ、ご遠慮なく胸につかえていることをお話しください」

権博士が保証したにもかかわらず、修理大夫は不安げだった。ためらいを圧し殺し説明を始めようとするが、どうも歯切れが悪い。

「これは本当に内密に願いたいのですが、その、わたしの末娘のことで」

修理大夫は厚めの唇を何度も舌で湿らせ、この三人以外誰もいないのを確認するように、落ち着きなく視線をさまよわせる。逆に、権博士も一条も眉ひとつ動かさない。その平然とした様子が頼もしく見えたのか、修理大夫は急に早口になった。

「その末娘が、親が言うのもなんですが、まだほんの童ながら思いのほかの器量よしで。風にそよぐ柳の葉のごとき細眉に、つぶらな瞳の愛らしさたるや――」

訊いてもいないのに、眉がどう、目がどう、と娘の自慢を差し挟む。よほどかわいがっている姫なのだろう。

「これなら教養高く育てれば、いずれはどこぞの貴公子のお目にとまって玉の輿と、いや、親の欲目とはわかっておりますが、そうなってくれればと願いつつ大事に大事に、それこそ目の中に入れても痛くないほど慈しみ育ててまいりました。その甲斐あって、最近よき結婚話が持ちあがり、家中の者みなで喜んでいたのに、いったいどうしたことか、四日ほど前からその娘ににわかに異変が起きて」

　唾を飛ばしつつ語っているうちに気持ちが昂ってきたのか、修理大夫は涙ぐみ始めた。

「昼間は鬱々と過ごして食事もとらず、夜になれば、わたしや妻を口汚く罵って暴れまわるのです。その形相たるや、あのかわいい姫がどうしてこんなになってしまったのかと驚くほどで。これはどう考えても物の怪の仕業に間違いない。そこで、権博士どののお力で娘をもとに戻してもらおうと思い、お声をかけたのです」

　もはや恥も外聞も気にかけず、修理大夫は泣きながら訴える。

　それでも、権博士と一条の表情に変化はなかった。彼らにしてみれば、これも仕事上よく行き当たる場面なのだ。いちいち、いっしょになって泣いてはいられない。

「何か思い当たることはおありでしょうか？」

　そう問う権博士の声はしごく冷静だった。ここに来る前、道を間違えたときと完全に同じ口調だ。そんなこととは露知らぬ修理大夫は、さすがは陰陽道の大家だと感じ入り、

「それが、まったくないのです。娘にしてもわたしにしても、誰かに恨まれるような心当たりは微塵もなく……」

　その言葉に嘘偽りはなさげだった。本人が言う通り、宮中での修理大夫の評判は悪くはなく、恨まれるような言動などしそうにもない。

「この四日間、神仏に頼ってもどうにもなりませんでした。このまま長引いて世間に知

られては、せっかくの縁談も流れてしまいかねません」

親として、いちばん危惧しているのがそれなのだろう。修理大夫は床板に額をこすりつけるように平伏した。

「権博士どの、なにとぞ娘を助けてもらいたいのです。なにとぞ、なにとぞ……」

「お顔を上げてください」

感情に流されない、けれどもけして冷たくは響かない声で賀茂の権博士は言った。とても道順を忘れてのほほんとしているような人物には見えない。

「わかりました。とにかく、その姫君に会わせていただきましょう」

その言葉を待っていた修理大夫は、勢いよく顔を上げた。涙で汚れ、苦渋に満ちていた顔が、いまは希望に輝いている。

「そう言ってもらえると思っておりました。ささ、こちらへ」

よろめきながら立ちあがり、修理大夫はさっそく娘の部屋へとふたりを連れて行く。自分の邸だというのにつま先立てて。権博士と一条も彼に倣(なら)って足音を殺す。

いつの間にかまた雨が降り始めていた。細かな雨音は、人目を忍びたがっている修理大夫の願いに応じるように、三人の気配を消してくれる。

しかし、簀子縁の角を曲がった途端、彼らは三十代なかばほどの大柄な女人(にょにん)とかち合った。彼女は修理大夫の顔を見て驚いたように、

「あなた」

と小さく声をあげる。彼の妻だとすれば二十歳以上、年の差のひらいた夫婦になる。

修理大夫は突然現れた妻を叱りつけた。

「どうした、姫といっしょにいてやれと言ったではないか」

「ですが」

権博士に咎めるような視線を向けてから、彼女は強い口調で夫に反抗した。

「都一の陰陽師を呼ぶと申しましたのに、なかなか訪れがないので居ても立ってもいられなかったのでございます」

「なら、もう大丈夫だ。こうして賀茂の権博士どのがわが家に来てくださった」

「こんなに遅くになって……」

「これ！」

修理大夫はあわてて黙らせようとするが、妻は聞かない。権博士が表情を動かさないのが癇に障ったのか、一段と声が高くなる。

「夜になれば姫がまた苦しみ出すかと思うと、本当につろうございましたわ。陰陽師どの、いまごろ来ても遅うございます。お帰りくださってけっこう」

腹立ちをより表現しようと、彼女はどんと床板を踏み鳴らした。それだけで、邸全体が悲鳴をあげたようだった。

権博士は先ほどしたような嘘の弁解はせず、神妙な顔で一礼する。

「ご用がないのでありましたら」

そのまま退出しようとするのを修理大夫が必死でとどめた。

「妻は娘の看病で疲れているのです。どうぞご容赦ください」

権博士にはそうくり返し、妻には、

「賀茂の権博士どのになんと無礼なことを!」

と怒鳴る。陰陽師に恨まれてはたまらないと危惧しているようなあわてぶりだ。妻はそんな夫を蔑みも露わにして睨んでいる。

「落ち着きなさいまし。大きな声を出されると姫の身体に障ります。それにあなたは姫のことが外に洩れるのを案じていらっしゃったはずでしょう?」

指摘され、修理大夫は咄嗟に自分の口を押さえた。妻のまなざしにこめられた蔑みはますます濃くなった。

「邸の者らはもちろん、近隣のかたがたも、みんな姫のことを知っておりますのに。あなたが気にかけていらっしゃるのは姫の容体ではなく、こたびの縁談が壊れてしまうことなのですよ」

「これ、何を言う。そんなはずが……」

「ですから、あなたにお任せしてはいられないと思いまして、わたくしが物の怪を調伏してくれる者を探してまいりました」

その言葉を待っていたように、修理大夫の妻の背後からひとりの老婆が姿を現した。あまり上等な装束ではないが、袿も袴も白一色。後ろで束ねた長い髪も白い。色目のものは真っ赤な鬘帯だけだ。

老女にしては背が高く感じるのは、腰がしゃんとのびているせいか。顔に刻まれた皺は深く、百歳すぎていると言われれば信じてしまいそうな迫力がある。手にしているのは巫女がよく用いる梓弓だ。

老婆は権博士と一条へ歯の欠けた口をあけ、にっと笑った。

「こ、この、この婆は何者だ⁉」

唾を飛ばしながら叫ぶ修理大夫に、

「辻のあやこどのと申されます」

と妻は冷ややかな声で告げる。夫の不甲斐なさにすっかり嫌気が差しているらしい。

「あやこどのはそちらの陰陽師どのとは違って官位もなく市井に住まう巫女ですが、そのお力は本物でございます。この邸に霊気が色濃く漂っていると、ひと目で見抜かれたのですからね」

修理大夫の妻の言葉に、権博士と一条は素早く視線を交わし合った。面白がるような気配がふたりの目の中をよぎり、すぐに消える。

「姫に憑いた物の怪はあやこどのに調伏していただきます。祈禱師はひとりで充分。おわかりになりましたなら、どうぞお帰りくださいまし」

夫への対抗心もあってか、修理大夫の妻は断固として権博士を拒むつもりらしい。老婆も猫なで声で言う。

「すみませぬのう。高名な賀茂の権博士さまのお仕事を横から奪うつもりなど毛頭ござりませぬが、こちらの奥方がこう申しておりますゆえ、ここはこの婆に委ねてくださいませんか」

自信はかなりあるようだ。権博士は穏やかな笑みを浮かべ軽くうなずいた。

「訪問が遅れたのはわたしの落ち度ですし、奥方のお気持ちもよくわかります。それほどまでにおっしゃるのであれば——と申しあげたいのはやまやまですが」

柔らかな口調と笑顔を崩さぬまま、権博士は続けた。

「わたしを信頼してお声をかけてくださった修理大夫さまのご厚意に応えたいのです。どうでしょう、わたしどもにあやこどのの祈禱のお手伝いをさせてはもらえませんでしょうか」

この申し出に、老婆はもとより修理大夫もその妻も目を丸くした。

「手伝い、とは」

訊き返す修理大夫に権博士は、

「それはもう、後学のため、あやこどのの御指示に従おうかと」

驚きのため息が、修理大夫夫妻とあやこの口から洩れた。未来の陰陽寮を担うと言われた賀茂家の嫡男が賤(いや)しい巫女の下につくなど、身分の違いのはっきりしている貴族社会ではあり得ないことだった。

動じていないのは一条だけ。彼は驚くどころか、吹き出しそうになるのを顔を伏せてこらえていた。何も言われずとも、師匠の真意を理解したのである。

あやこは傍(はた)から見ていてはっきりわかるほど動揺していた。自信ありげな態度は消え、盛んに瞬(まばた)きをくり返して権博士の顔を凝視する。

「何を……何を仰(おお)せになる。そのようなこと、できるはずがございませぬ」

「いや、他意はないゆえご心配なく。重ねて申しますが後学のため、あやこどののお手並みを拝見させていただきたいだけですから」

こうまで言われては折れるしかない。頑(かたく)なに拒めば怖(お)じ気(け)づいたととられかねまい。

それがわかってか、老いた巫女は若き陰陽師とその弟子の同席をしぶしぶ認めた。修理大夫はホッと胸を撫(な)でおろし、その妻は眉をひそめたものの反対はしなかった。

ひとまず悶着(もんちゃく)はおさまり、改めて娘のもとへと通された。そこは三方を壁で仕切られた暗い塗籠で、真新しい御帳台(みちょうだい)（四方に帳(とばり)をめぐらせた天蓋(てんがい)付きの寝台）を中に持ちこみ、病人を寝かせていた。

もとは納戸として用いられていた狭い部屋だ。そこに豪華な御帳台がどんと置かれたばかりか、賀茂の権博士と一条、修理大夫夫妻に巫女のあやこが入ったものだから、すわると互いの脚がくっつくほど接近する。あやこはそれをいやがるように膝で歩いて権博士から離れ、御帳台にいちばん近い位置へと移動した。

密集度が高くなったせいだろうか。それまでおとなしかった問題の娘が、御帳台の帳越しに低くうなり始めた。

娘の獣じみた声は次第に大きくなる。ただうなっているのではなく、不明瞭ではあるが同じ言葉をくり返している。

娘は、いやよ、とつぶやいていた。何かのまじないのように、抑揚もなくただくり返している。いやよ、いやよ、いやよ、いやよ……と。

次第にその声は高くなり、絶叫にも近くなった。

「姫、しっかりなさいまし！」

「ああ、姫や、姫や」

母親の悲痛な呼びかけも効はなく、父親の嘆きも同様だった。邸の奥深くで大切に育てられ、大声などあげたこともなかったであろう娘が、狂おしく叫び続けている。

いきなり、御帳台の中から細い手がぬっと突き出され、帳を引き裂いた。髪を振り乱した少女が、帳の裂け目から顔を出す。白目をむいて、歯をがちがちと鳴らしながら。

両親は泣き叫び、巫女は娘の異常さに呑まれたように沈黙している。

そして、賀茂の権博士と一条の表情に、わずかながら初めて驚愕が走った。娘の奇態に驚いたのではない。彼女があまりにも幼く弱々しかったことに驚いたのだ。

この数日、ろくに食べずにすごしていたせいか、すっかりやつれている。小柄で顔立ちも幼く、年若く見える要素は多い。

それでも断言できる。彼女はせいぜいなところ、数えの十二歳ぐらいだ。

「鎮まれ、鎮まれ」

ふいに巫女が声を張りあげた。梓弓をさっと構える。調伏を始めるようだ。

「わたしは何をすればよろしいかな」

権博士が尋ねたが、

「手出しは無用でございますよ」

と、すげなく断られてしまう。修理大夫はあわてふためいたが、権博士は気を悪くした様子もなくあっさりと引きさがった。

年老いた巫女が節くれだった指を梓弓の弦にかけた。弾けば、びん、と力強い音が響き渡った。

びん、びん、と何度も弓を鳴らしながら、巫女は歌を口ずさむ。

「みちのくの……あだちのまゆみ……わがひかば……」

宮中の貴族が風雅に歌を口ずさむのとはまるで違う。半眼になり、一語一語長く発音するさまは、滑稽でもあり不気味でもあった。

「すゑさへよりこ……しのびしのびに……しのびしのびに……」

歌の意味としては、『みちのくの安達の檀の木で作った弓を引くと、弓の両端が互いに近寄っていく。そのように、いまだけでなく将来もわたしのもとへ忍んでいらっしゃいよ』となる。内容的には恋歌だが、巫女が口にすれば別の意味に――この世ならぬモノを招聘しているふうに聞こえた。

現に弓の音、しわがれた声の隅々に形容し難い力が満ちていた。そこへ娘のうなり声が重なって、狭い塗籠は異様な空気に包まれた。

修理大夫夫婦は青い顔で震えていた。ふたりの間のわだかまりはもう消えたのか、一時的なことなのか、しっかりと手を握り合っている。

権博士と一条は、あやこではなくこの邸の娘をみつめていた。対象を冷徹に観察し分析しているのだ。

突如、巫女はカッと目を見開いた。

「わかったぞ！」

梓弓で床板を激しく叩き、娘に負けぬ大声でわめく。

「これは野干じゃ、狐の仕業じゃ。この邸の者に恨みはなく、祟りをなすつもりもなかったが、畜生の哀しさで、多くの財（たから）や食い物が散らばっていたために引きつけられてしまったと申しておる！」

　一条が形のよい眉を動かし、不快の念をはっきりと表した。師匠はそれを目にとめて微かにうなずく。

　修理大夫の妻は巫女の言葉を耳にするや夫の手を振りはらい、彼女のそばへ這（は）い進んだ。

「あやこさま、どうすればよろしいのですか」

　どのからさまへ格上げしていることに本人は気づいていない。が、あやこ自身は当然そのことに気づき、一瞬ながら満足そうににやりと笑った。

「うむ。理由さえ明らかになれば対処は簡単じゃ。この狐にそもそもの原因である財や食い物を捧（ささ）げれば、満たされて姫御から離れていくであろう。疾（と）く疾く用意をするがよい」

「はい、すぐに仰せのとおりにいたします！」

　修理大夫の妻はあわただしく立ちあがった。その動作が娘になんらかの影響を及ぼしたのだろうか。彼女はふいに御帳台から飛び出して、おのれの母親に襲いかかった。

　あわや惨劇かというその寸前、前へ出て娘を抱きとめた者がいた。父親でも、梓弓持つ巫女でもない。それまでただ見ているだけだった賀茂の権博士だ。

彼は娘の衿をつかんで顔を上げさせると、その頬に平手を見舞った。母親が悲鳴をあげるのにも構わず、反対側の頬をもう一度打つ。

「さあ、わたしの声が聞こえますか？」

娘の耳もとで権博士は言った。

「あなたの気持ちはわかりました。何をいやがっているのか、何を望んでいるか——すべてね」

権博士の腕に抱かれた娘はもううなってはいなかった。ひどく驚いたように口を大きくあけ、盛んに瞬きをしている。彼女の小さな手は権博士の直衣をしっかりと握りしめている。

彼はさっきとはうって変わった優しさで、娘の乱れ髪を撫でつけてやった。

「あなたは親の勧める結婚がいやだったのでしょう？」

父親がげっと妙な声を出した。抗議したかったのだろうが、娘がためらいがちに小さくうなずくのを見て何も言えなくなってしまう。

「なら、もう大丈夫。父上はかわいい娘にけして無理強いなどなさらないよ。だから、勇気を出して、自分の本当の気持ちを言っておやりなさい」

促された娘は、権博士から父親へと視線を移した。

しばし、沈黙が流れ——娘はようやく短い言葉を父親に投げかけた。

「厭(いや)よ」

それは、ずっと彼女が言い続けていた言葉だ。だが、今度のそれには、聞き間違えようのない明瞭な意志があった。物の怪が言わせているのではないと、修理大夫も認めずにはいられないほどの。

いちばんわかって欲しかった相手が理解してくれたのを確認し、娘は気を失った。賀茂の権博士はその小さな身体を抱きあげ、御帳台に寝かせてやる。

「もう理由はおわかりですね」

振り返った権博士は穏やかな笑みを浮かべていた。だが、まなざしはおそろしく冷ややかだ。それを感じ取って、修理大夫はぞくりと身震いした。

「姫君は狐にとり憑かれたわけでも、誰かに呪われたわけでも、生霊・死霊のせいでこうなったのでもありません。親の勧める結婚がいやだったけれど拒否する術(すべ)を知らなかった――大切に育てられすぎて自分の意志の表しかたを学ぶことができなかったのです。結婚はいやだけれど、それを親に言ったら単なるわがままととられるのではないか。こんないい話に乗り気になれない自分が悪いのではないか。でも、やっぱりいやだ、どうしよう。そんなふうに悩んでしまわれ、激しい葛藤からこうなってしまった――」

娘の母親は夫を振り返って叫んだ。

「あなたが無理に勧めるからですよ！」

「だが、だが、姫も喜んで……」

修理大夫は弱々しく首を振る。彼とて欲得尽くで縁談を決めたのではあるまい。娘のためによかれと思ってしたことなのだ。しかし、当事者の気持ちを確かめる前に彼が先走っていたのは否めない。

「年の差はあるが、それを言うならわしたちも……」

「わたくしがあなたのもとに嫁いだときは二十歳を越えておりました。姫はまだ十二です。それで自分の父親とも年の近い相手など、いくら裕福であろうとも、あんまりです」

ぴしゃりと妻に言われ、修理大夫はうなだれてしまった。そんな彼に、権博士が言う。

「姫君が目を醒ましたら、こたびの縁談は断ったと修理大夫さまからお話ししてください。その際に、けして彼女を責めるような言いまわしはお使いになりませんように」

「ならば、どう言えば……」

「そうですね。よくよく調べてみれば、相手の邸に下賤の女が正室然として居座っていたとでも言ってください。くれぐれも彼女に自分のせいだと思わせないように。大丈夫。おのれの年も顧みず、かような若い姫君を望むような御仁ならば、叩けば何事か出てきますとも。それから、あやこどの」

狐の仕業と断定していた巫女は、びくっと肩を震わせた。逃げ出す機会をうかがっていたのか、いつの間にか出口近くに移動している。

「わたしの見立てはこうですが、反論はありますか？」

権博士に優しげに問われ、彼女は額に脂汗を浮かべる。返す言葉はない。

「わたしにはどうも、あなたが奥方に告げたようにこの邸に霊気が漂っているふうには見えないのですがね」

権博士の口調はあくまで優しい。そこへ追い打ちをかけるように、一条が淡々とつぶやいた。

「狐ではないとわたしも思います」

老婆は少年を睨みつけたが、彼にすら反論はしなかった――できなかった。色の悪い唇からしぼり出したのは、負け惜しみでしかない。

「権博士さまのご威光で娘御もよくなられたようじゃから、わしはこれでお暇いたしましょうかな」

言うが早いか、年に似合わぬ敏捷さで塗籠を飛び出す。あわただしく響く足音を聞きながら、権博士はくすっと笑った。

「奥方は危うくあの老いた女狐に財をかすめ盗られるところでしたな」

修理大夫の妻はさっと顔を赤らめた。

まさかこうなると思わなかったとはいえ、あやこを邸に入れたのは彼女だ。これで、娘の気持ちを理解しなかった夫を強く責めることはできなくなるだろう。

「修理大夫さまもすべては姫によかれと思われてなさったこと。とはいえ、まだ結婚を急ぐ必要もないでしょう。これからは、まず姫君のお気持ちをよく聞いて——いえ、その前に、いやなものをいやだと言うことはなんら悪くないのだと教えてあげてください。でなければ、姫君はまた何も言えずに狂乱なさるやもしれません」

両親はともにうなだれて、賀茂の権博士の言葉を聞いている。深く反省しているようだが、ほとぼりが冷める頃になれば、父親はまた新たな縁談話を持ってくるかもしれない。

そのときに少女が自分の意志をはっきり言えれば、今回のようなことは起こらないだろう。あるいは学習の甲斐なく、また流されてしまうのかもしれないが。従うも抗う(あらが)も、すべては本人の選択なのだ。

とりあえずいまは、安心しきったあどけない寝顔で、少女は御帳台の薄い帳に包まれていた。

修理大夫の邸を逃げ出した巫女は、都の西側・右京の小路(こうじ)をひた走っていた。裾をからげたあられもない姿だが、まったく気にしていない。

彼女がまっしぐらに飛びこんだのは、あばら屋と称していいような小さな家屋だった。

「三郎！　四郎！」

遣戸(やりど)を蹴破らんばかりにあけて、名前を呼ぶ。

雨漏りがしていたのだろう、床のあちこちに水たまりが生じている。壁も染みだらけだ。こんなところにひとが住めるはずがないと思いきや、老婆の呼びかけに応じ、暗闇の中、人影がふたつ、薄汚れた夜具からもそもそと起きあがった。

平凡な名前が示すように、ふたりとも至って凡庸な男だった。そろって中肉中背。年は三十から四十すぎの、どこにでも当てはまりそうで、顔立ちもどこにでもいそうとしか言いようがない。

「聞いとくれよっ、三郎、四郎」

泣きつかれ、ふたりは同じ台詞を同時に口にする。

「どうした、母者(ははじゃ)」

アクの強い老婆とは全然似ていないが、ふたりは彼女の実の息子であった。

母親は修理大夫の邸であったことを涙と唾を飛ばしながら話した。あくまで彼女の視点からの話なので、賀茂の権博士は嫌味で非道な男とされていた。そして、あやこはいたぶられる哀れな年寄り役だ。

「こんなに口惜しいことはないわ。もう少しであの修理大夫から見料をせしめられたものを、あんな若造に横取りされるとは、辻のあやこも落ちぶれたものよ。これでも昔は、都の貴族も東国の武士も、みなわしの託宣を涙を流してありがたがったというに」

鼻をすすりつつ愚痴る母親の背を撫でて、兄の三郎は彼女の喜びそうな言葉を並べる。

「そりゃ、ひどい。いくら高名な陰陽師だからって同業を陥れるなんてやるべきじゃないさ。きっと驕りたかぶっているんだ、ろくなやつじゃないよ」

「そうであろ、そうであろうよなあ」

老いた母は甘えた声で同意を求める。兄は力強くうなずくが、弟はためらいがちに首を傾げた。

「けれどさ、狐が憑いているだなんて、適当な嘘をついて褒美をせしめようとした母者のほうもどうかと……」

と、至極もっともなことを言おうとする。しかし、兄に脇腹を肘でこづかれた上に目配せされ、すぐに前言を撤回した。

「うん、おれも権博士はひどいと思う」

「ほら、四郎もこう言ってるよ」

「そうだろう、そうだろう。おまえたちは優しい子だねえ」

その前の正論がちゃんと聞こえていたにもかかわらず、巫女はひと差し指で涙をぬぐって微笑む。

「明日の暮らしにも事欠くわしらが、私腹を肥やしてる連中から少しばかりかすめ盗ったところで、どうということもないではないか。わしだって、最初から嘘をつくつもりはなかったとも。わしはただ、何も憑いていないと言うたとて、あの奥方は納得せんなと思うたから、奥方好みの託宣をしただけなんじゃ。そこらへんにいる、口がうまいだけのニセ憑坐（よりまし）といっしょにしてもらったら困るんじゃよ」

「ああ、母者は悪くないとも」

兄に合わせねばと思ってか、弟もあまり熱心ではなかったが、

「そうそう」

と首を縦に振る。

「なのに、なのに、あの若造はわしを馬鹿にしおった。それだけではない、童（わっぱ）のような従者までわしを愚弄したのじゃぞ。そこまでされて、このあやこが黙っていられようか。のう、三郎、四郎」

「しかしなあ、母者」

母に甘くても自身は常識を持ちあわせていたらしく、兄は顔を曇らせた。

「賀茂の権博士といえば、おれら市井の陰陽師と違って朝廷からお墨付きをもらっている陰陽寮の人間だろ？　そんな相手に喧嘩（けんか）を売るわけにもいかないし、いくらくやしく

ったって、どうしようもないじゃないか」

「兄者の言う通りだよ。無事に戻ってこられただけでよかったと思わなきゃ」

ふたりがかりで諭されても老婆は納得しない。それどころか、息子の手を振り払い、すっくと仁王立ちになった。眉尻を吊りあげ、いまにも火を噴かんばかりの勢いで、

「おまえたちは母が貶められたというに平気なのか⁉　わしだって、あやつの後ろに朝廷が控えてなければ、もっと強気に出ておったわい。いや、もう何十歳か若ければ、あの若造を骨抜きにし、めろめろのぼろぼろにしてから捨ててやれたものを」

兄弟がそろって疲れた表情を浮かべる。それが癇に障って、母親はさらに声を張りあげた。

「都の貴族も東国の武士も、わしの美貌に惑わされたものじゃよ。なのにあの若造め、年寄りと思って侮りおって。このままで済むものか。陰陽師としての評判を地の底まで落として、あのすました顔にたっぷりと脂汗をかかせてみしょうぞ」

口先だけではなく、本気で実行に移しかねない。いや、もうすでにあやこはやる気になっていた。息子たちも、熱くなった母を止めるのは不可能だと骨身に染みて知っていた。

「だけど、賀茂の権博士を相手にするのはどうかと……」

危ぶむ弟に、母親は鋭く舌打ちをした。

「真正面から刃向かうほど愚かではないわい。返り討ちにあったらどうする。頭を使うんじゃよ、頭を」

「つまり、母者お得意の卑怯な手段を――」

言葉を選ばぬ弟の脇腹を、また兄が肘でこづく。同時に、母親の拳も飛ぶ。

「卑怯も方便じゃ！」

あやこは恥じるどころか開き直った。白い髪を乱し、目をぎらぎら輝かせ、このまま鬼に変じ、外に走り出て人を食らってきそうな、すさまじい形相になる。慣れているはずの息子たちまでが怖じ気づいて身をひいた。

「そうとも、賀茂の権博士には太刀打ちできずとも、あやつの身近な者ならばどうとでもなろう。たとえば、それがあやつの弟子だったら？　弟子のまわりで怪異が続くようになってみい。あの権博士の弟子のくせに対処ができぬとは何事かと、世間からそしられよう。ひいては、権博士も実はその程度の陰陽師だったのよと見做され、評判はがた落ちになろうな。いや、なる。ならずともなしてやるとも。このあやこが都中の辻という辻で噂をばらまいてくれる！」

誰も彼女を止めることはできない。それを知っている息子たちはおとなしく口を閉じていた。嵐が過ぎるのを待っているようだったが、この嵐はなかなか収まらない。

「賀茂の権博士はな、修理大夫の邸に見目麗しい従者を連れてきておったよ。あれもどうやら陰陽師らしい。権博士の弟子に間違いないわ。あの程度のひよっこならどうとでもなるとも。おまえたちでも充分やれる」

適当にうなずいていた息子たちだったが、『おまえたちでも』のくだりで一斉に顔を上げた。表情が凍っている。

「母者……」

「もしや……」

母はふたりの手を代わる代わる握りしめた。媚びをいっぱいに含んだ声音で、

「母者のためにやってくれるじゃろう?」

息子たちはそろって視線をそらし、そろそろと腰を浮かしかけた。が、逃がしてなるかと、母はふたりの息子の肩を押さえつけた。

「話を聞かぬか。なにも権博士をどうこうしろと言うのでないわ。その弟子、しかもまだ十六、七の童じゃ。おまえたちが相手するにはちと物足りないかもしれんが、これも修行のひとつと思うがよい。うむ、その年になってもなかなかひとり立ちできぬおまえたちに、これはよい機会かもしれぬよなあ。よいことを思いついたわい」

すでに復讐は果たしたも同然とばかりに、あやこはのけぞって大笑いする。それとは対照的に、兄と弟は暗い顔を見合わせてため息をついた。いやがっているくせに抵抗はしない。この母が相手ではとてもできない。

いやなときにいやと言えない点で、彼らも修理大夫の娘となんら変わりはなかったのだった。

第二章　最初の災難

御所の蔵人所で一晩を過ごした夏樹は、早朝、自宅へと戻っていった。

雲の切れ間から朝日が顔を覗かせている。昨夜の雨のおかげで空気は澄んでいるし、草木の緑も瑞々しく輝いている。

そんな朝のすがすがしさに包まれていながら、夏樹の表情は暗い。

まず、眠い。なにしろ一晩中、同僚の怪談話に付き合わされていたのだ。誰も数えてはいなかったが、百話はとうに超えていたかもしれない。

怪異を口にすれば怪異が起こるという。あれほど数多く語ればなおさらだろう。もしかしたら、何か怪しいものがあの場に引き寄せられていたかもしれない。——夏樹はそういうものを感じやすいたちではないが、それでも何度か肌に粟を生じさせた。

いとこの深雪が意地悪で言った言葉も、あの雰囲気に触れたあとだと呪いめいて聞こえる。確かに自分はくじ運がすこぶる悪い。あそこに来ていた何か得体の知れないモノが、わざわざ自分を選んでついてくることも、ひょっとしてあり得るかも……。

自宅の門をくぐる際、夏樹はそんなことを考えて少しためらってしまった。ちらりと肩越しに後ろを見、誰も何もいないのを確認してから敷地に足を踏み入れる。

大丈夫。何も起こらない。変わらない。いつものように乳母の桂が出迎えに来てくれただけだった。

「お帰りなさいまし、夏樹さま。お勤めご苦労さまでした。お疲れでございましょう？お食事になさいますか、それともお休みになりますか？」

夏樹は内心ホッとして応えた。

「先にひと休みするよ」

「では、すぐに褥をご用意しますわね」

言うが早いか、桂は夜具を取りに行く。年のせいか、かなり視力が衰えているものの、この邸の中だったら彼女はなんの不自由もなく行動できるのだ。

早くに母を亡くし、父は地方勤務中、他に兄弟もいないひとりきりの夏樹を、桂は実の子供以上にかわいがってくれる。いささかうるさいぐらいだが、夏樹の生活に彼女はなくてはならない存在だった。

桂の顔を見ていくらか落ち着いた夏樹は、あくびをしつつ自分の部屋に向かった。

冠を取って文机の上に置き、装束の衿もとをゆるめる。両腕を上げて大きく伸びをした途端、べきっという物音が外から響いた。

近くではない。おそらく隣の邸だ。そこで何が繰り広げられているか、容易に想像できる物音だった。

眠気は吹き飛ばされ、好奇心に場を譲る。夏樹はさっそく庭へ降り、隣家目指してつっ走った。

うるさい桂が来る前に庭を突っ切り、塀の崩れ目から隣へ行かねばならない。運よくそれに成功し、夏樹は隣の敷地でふうっと息をつく。

彼のしたことは無断侵入だが、気にはしない。よそならばともかく、ここは特別、勝手知ったる友人の家だ。庭づたいの訪問も、もう幾度となくくり返されている。

草深い庭を横切って古い家屋に近づくと、簀子縁（すのこえん）に板戸が一枚倒れていた。誰かが力いっぱい蹴ったのか、真ん中に大きな亀裂が入っている。さっき聞こえたのはこれが蹴破られる音だったのだろう。

「おおい、ぼくだけど……」

夏樹が屋内に向かって声をかけると、奥から地を震わすごとき轟（とどろ）きが響いてきた。この世のものでない何かおそろしいものが近づいてくるような音だ。

それはけして比喩ではなかった。実際、簀子縁に現れたのは異形の生き物だったのだ。

「夏樹さん、いいところへおいでくださいましたっ！」

身体（からだ）はヒトだが、頭は角を生やした馬そのもの。地獄の獄卒、馬頭鬼（めずき）。身の丈は六尺半（約二メートル）を超え、袖から突き出た腕は筋骨隆々としてたくましい。しかし、水干を着て涙を流しながら駆け寄ってくる姿は、おそろしいと形容するのとも少々違う。ましてや夏樹にはもう見慣れた姿であった。

隣家の居候である馬頭鬼のあおえは、問答無用で夏樹の肩をつかみ、簀子縁に彼を引っぱりあげた。そのまま切々と窮状を訴える。

「聞いてくださいよ、一条さんったらひどいんですよぉぉぉ」

泣きながら顔を押しつけてくるものだから、涙と鼻水が夏樹の頰にひっつきそうになった。そうはさせるかと両手を突っぱねて抵抗するが、馬頭鬼のほうが格段に腕力が強い。ふたりの間に鼻水の架け橋ができるのは時間の問題だった。

（ひいいいいいいいい!!）

声に出すと力が抜けそうなので、夏樹は心の中で絶叫する。その叫びが届いたのか、屋内からこの邸の持ち主、陰陽生の一条が現れた。

たとえ自邸でくつろいでいるときであっても、この時代の成人男子は髪を結って烏帽子を被るのが当たり前。夏樹も冠を置いてきてしまったので他人のことは言えないが、一条は結いもせずに長い髪をそのまま背中に垂らしている。

狩衣もすっかり着崩して、なまめかしささえ醸し出している。まるで天女が地上に降りて少年の形をとったような美しさだ。しかし、彼の表情はずいぶんと愛想のないものだった。

居候が友人に抱きついている場面を見ても、一条は驚きもしなければ笑いもしない。ただ、馬頭鬼のたてがみをつかみ、ぐいっと後ろに引っぱっただけ。が、そのたおやかな身体に相応しからぬ力がこめられていたらしく、馬頭鬼は夏樹から強引に引き剝がされてしまった。

解放された夏樹はすぐさま自分の頰に触れ、鼻水がついていないかを確認する。幸い、指先は濡れていなかった。

「助かった……」

夏樹がホッとして頰をさすっている間に、あおえは一条から往復びんたをくらっていた。

「痛いですよぉ、痛いですよおぉ、許してくださいよおぉぉ」

あおえはろくに抵抗もせず、声をあげて泣いている。本来ならば冥府へ来た罪人を責め立てるおそろしい鬼が、姫君と見まごう美少年にいいように扱われているのだ。

「うっとうしい、うるさい」

一条は涙に騙されず、冷たい言葉を浴びせかける。心地よい朝の光も彼の気分をやわらげることはできない。むしろ、朝のほうが不機嫌になるようだ。

「わざと、わざとやったんじゃないのにぃぃ」

「わざとでなければ許されると思うのか？」

「あの……」

夏樹がおそるおそる声をかけた。一条はもしかしてこちらに気づいていないのでは、と不安になったのだ。

「いったい、何があったのかな？」

一条はちらりとこちらを見やった。琥珀色の目は冷ややかで、夏樹は自分が怒られたような気になる。

「あおえに直接訊いてみろ」

言われるがままにあおえのほうを向くと、馬頭鬼は鼻をすすりあげつつ袖の中から薬玉を取り出した。五色の糸の他には蓬の葉で飾ってあるだけの素朴な品だが、悪くはない。あおえの掌に載っていると、余計に小さく愛らしくさえ見える。

「それがどうかしたのか？」

「はあ。昨日、一条さんはずうっと外出してて、わたしがひとりで留守番してたんですよ。で、五月五日に現世ではこういう物を贈り物にするっていう話をふと思い出しましてね。暇だったもんですし、あり合わせの材料で作ってみたんです」

ほかの馬頭鬼ならばともかく、あおえが針を持ち、縫い物にいそしむ光景なら、夏樹にはありありと想像できた。

「ほら、見てくださいよ。けっこうきれいにできてるでしょ？」

薬玉を受け取って鼻を近づけると、蓬のにおい以外にも、いい香りがした。ちゃんと中に香料を入れてあるらしい。感心する一方で、

（早く冥府に帰して獄卒に復帰させたほうがいいんじゃないだろうか……）

見た目だけなら屈強な馬頭鬼を、このままどんどん所帯くさくさせてはいけないような気がしてくる。とはいえ、あおえは閻羅王から冥府を追放された身。許されるそのときまで、一条のもとで家事手伝いをこなす下僕として暮らすしかない。

当のあおえは頬の痛みも忘れ、にこにこ顔で薬玉の感想を催促する。

「ねっ、ねっ、初めてにしてはうまくできてるでしょ？」

「ああ、なかなかいいよ」

正直に答えると、一条が横からずいっと顔を近づけてきた。

「その薬玉、いい香りがするだろ？」

うなずくと額同士がぶつかりそうなので、夏樹は「ああ」と小さく応えた。

「そりゃそうだろうとも」

一条はさらに顔を近づけてくる。鼻の頭がくっつくすれすれのところで、彼は思いきり声音を低くした。

「中身は麝香だぞ。沈香だぞ。ひとの持ち物勝手にあさって、よりによって高価なもの

ばかりかすめ盗ったんだぞ！」

　でかい身体を縮こませたあおえが、夏樹の視界の隅に映る。一条の私物を黙って使ったのは事実らしい。

「ひとの物を勝手に漁るのは……まずいな」

「だろう？」

　至近距離で一条は凄みのある笑みを浮かべる。宮中で猫を被ってすましかえり、女房たちを騒がせている顔とはえらい違いだ。

　彼のこんな一面を知っている者は少ない。夏樹はそのひとりだが、これを喜んでいいのかどうかときどき考えてしまう。

「でも、反省してるんだから許してやっていいんじゃないかな。香料は中から取り出せば済む話だし」

「香料は、な」

「まだ何かあるのか？」

「ああ」

　一条はキッとあおえを振り返った。糾弾するように、ひと差し指を馬づらの鼻先に突きつける。

「こいつはひとの気に入っていた狩衣を裂いて薬玉に変えたんだぞ！」

馬頭鬼は両手をばたばたさせて見苦しく騒いだ。

「だって、だって、最近、あれ着てなかったじゃないですか。もう要らないんだなって思ったんですよ」

「馬鹿、気に入っていたからこそ普段使いは避けていたんだぞ！」

一条の拳を避けようとして、あおえは勾欄に激突した。バキッと音がして、勾欄に斜めのひびが入る。戸もきっとこんなふうにして蹴破られてしまったのだろう。

「喜んでもらえると思ったのにぃぃぃ」

「こんな物いるか。貸せ」

一条は薬玉を奪い取ろうとする。彼に渡したら、床に叩きつけられ踏みにじられ唾を吐きかけられるかもしれない。そう思った夏樹は咄嗟に後ろ手にして薬玉を隠した。

「ちょっと待てよ。いくらなんでもかわいそうじゃないか、せっかくきれいに作ってあるのに」

「そうですよねえ、そうですよねえ。ああ、やっぱり夏樹さんはわかってくれるんですねえぇ」

あおえはむせび泣きつつ夏樹の腰にすがる。うっとうしくはあったが、ここで邪険に振りはらうともっと泣かれそうで、夏樹はぐっと耐えた。

「腹はたつだろうけど、ありがたくもらってやれよ。縁起物じゃないか。馬頭鬼が作ったと思えばなおさらありがたい気が……」

「するもんか」

吐き捨てるように言いはしたが、怒りは次第に収まってきたらしい。一条は落ちてくる前髪を掻きあげ、

「まあ、いい」

と罵声の攻撃を急にゆるめた。

「だがな、それを見るとまた腹が立ってくるから、おまえが引き取れよ」

「ああ、いいとも」

思わぬ贈り物だが、拒否する理由はどこにもない。悶着のネタが目の前からなくなれば、あおえを助けることにもなるだろう。

「ありがたくいただくよ。あおえもそれでいいんだよな？」

「大事にしてくださいねええぇ」

「ああ、大事にする。もとが陰陽師の衣装なら魔よけ効果は期待できるし、飾りの蓬そのものにもそういう力があるんだろ？　中には麝香や沈香がたっぷり入ってるから香りもいいし、部屋に飾っておくよ」

「馬頭鬼の作った物だから、逆にいろんなのが寄ってくるかもしれないぞ」

意地悪だとわかっていても、一条が言うと説得力があった。夏樹も一瞬、ひるみかけ

たが、

「そのときは祈禱をよろしく頼む」

「よし、格安にしてやろう」

「なんだ、ただにはならないのか？」

「仕事は仕事だ」

軽口を叩き合っていると、一条がふと後ろを振り返った。つられて夏樹と泣きやんだあおえも同じほうを振り向く。

いつからそこにいたのか、涼しげな水色の水干を着た、元服前の少年が庭に立っていた。――真角だ。

同じ水干でもあおえとは全然違う。一条の人離れした美貌ともまた異なるが、充分整った顔立ちだ。あの賀茂の権博士の弟だと思って眺めれば、兄の面影をわずかにみつけられるかもしれない。

「声をかけたけど誰も出なかったから、勝手に入った」

生意気な口ぶりは一条に対抗意識を持っているせいだった。今日はいつもよりさらに機嫌が悪いらしく、夏樹と目があってもにこりともしない。あおえに至っては、興味なしと言わんばかりに頭から無視している。

「なんの用だ」

一条も負けずに素っ気なく訊く。師匠の弟だから丁寧に応対しようなどとは、かけらも思っていないのがあからさまだ。

夏樹とあおえはそっと互いに顔を見合わせた。このふたりに挟まれていては居心地の悪さも最高である。

真角にしても一条の邸なぞに長居はしたくないのか、さっさと用件を口にする。

「兄上からの伝言を届けに来ただけだよ」

「保憲さまから？　今朝、別れたばかりだぞ」

「そのあとで丹波(たんば)から書状が届いたのさ」

一条の眉が片方だけぴくりと動いた。

「丹波……丹波権介(たんばのごんのすけ)さまからか？」

真角はうなずいて、届いた書状を彼に渡す。文面に目を通す一条の表情が微妙に変わっていく。だんだん険しくなっていくのだ。

わけがわからないながら夏樹は居たたまれなくなり、自分の邸に逃げ帰ろうとした。が、行動に移す前に、あおえにしっかり腕をつかまれてしまう。逃げ場のない身としては、道連れが欲しかったらしい。夏樹も付き合いたくはないが、腕力の差がありすぎて馬頭鬼の手を振りはらえない。

書状を読み終わった一条は、おそろしく冷たい声で言った。

「丹波か……。行くのは構わないが、どうして真角といっしょなんだ？」

「それはこっちの台詞」

真角も、負けず劣らず辛辣な口調で言う。

「陰陽師が必要ならあんただけを呼べばいいものを、付き合わされてほんとに迷惑だよ。まあ、父上の魂胆はわかっているけどね」

「父上？」

話が見えていない夏樹が思わずつぶやくと、真角は彼のほうに向き直った。

「そう、丹波権介はぼくの父上だよ。前は陰陽寮にいたんだけど、いまは丹波国へ下向している」

説明してくれたとはいえ、夏樹に好意をいだいているわけではない。深雪のいとこだから、一条の友人という点を差し引いても邪険にするのはまずいと判断したのだろう。

「こいつに陰陽道の才があるのを最初に見抜いたのも父上だった」

「なるほどね……。で、ふたりでそのひとに逢いに行くんだ」

「望んで行くんじゃないんだぞ」

と一条は言う。真角もいかにも厭そうに顔をしかめた。

「むこうで陰陽師に頼みたいような厄介事が持ちあがったみたいなんだ。あんまり詳しくは書いてないけど。でも、兄上はいそがしくて都を動けないから、いなくても大丈夫なこいつにお鉢が廻ってきたわけ」

　真角と一条の間に微細な火花が飛び散る。真角にしてみれば、自分より父や兄に近い一条が憎らしいだろうし、一条にしてみれば、何かと突っかかってくる真角がうるさくて仕方ないのだろう。

　さすがにここまで険悪だと、夏樹も仲裁に入れない。入ったところで、本人たちが互いに歩み寄る気持ちにならなくてはどうしようもない。それでも、真角が「父上の魂胆はわかっている」と言ったのは気に掛かった。

「それで、魂胆って？」

　真角は微かに苦笑する。

「ぼくが陰陽師になりたくないって言ったから、直接説得しようとしてるんだよ」

　なるほどそういうことかと、夏樹にも合点がいった。

　父親も兄も陰陽道に通じ、それなりの地位を得ている。真角も才能は確実にあるのだから、陰陽師になるのがいちばんいいはず。だが、彼はすでに敷かれている行路を拒み、学者になるべく努力を始めていた。

　そういう姿勢は夏樹も好ましく感じていた。自分にはできない生きかただから、余計にそうなのかもしれないが――

「父上も急いでるようだし、ぼくも面倒事は早く済ませたい。今夜にでも都を発って丹波へ行こう」

真角に催促され、一条はにやりと笑った。

「同感だな」

面倒を早く済ませたいに同感なのか、今夜にでも丹波へ行こうに同感なのか。おそらく両方なんだろうなと夏樹は思った。

「じゃあ、そこの式神、こいつの準備手伝ってやってくれよな」

真角はそう言って背を向ける。あおえが、

「式神じゃないんですってば」

と抗議しても聞きもしないで行ってしまった。用件は伝えたのだから長居は無用と思ったのだろう。

夏樹はそっと一条の横顔をうかがった。

この陰陽生はあまり考えを顔に出さない。夏樹ももともと表情を読み取るのは苦手だ。彼が真角のことを本当はどう思っているのか、知りようはない。そういうときは直接訊くしかなかった。

「真角と本当に丹波に行くのか？」

「仕方ないさ。丹波権介さまが困っていらっしゃるのは事実なんだし」

「道中、うまくやっていけるのか？　真角のこと、本当はどう思ってる？」

「うん？」

めんどくさそうに一条は頭を掻いた。

「どうでもいいやつだと思ってる。だから、小競り合いはあっても、どうにか無事にむこうへ着けるだろう」

「そうかな……」

「あいつがもうちょっと馬鹿だったら、ぼこぼこにして簀巻きにして川に放り投げてやるさ。そこまでやるほどじゃないから、適当にかわしているんだ」

あおえがぬっとふたりの間に顔を出した。恨みがましく一条を横目で睨み、

「それじゃあ、わたしはそこまでやらなきゃならないほどの馬鹿だっていうんですかぁあ」

「……ぼこぼこにされてるのは知ってるけど、簀巻きにされて川に放り投げられたこともあるのか？」

「実際にはまだですけど、そうしてやるって何度も脅されてます。この間もですね――」

長々と続きそうな愚痴を封じたのは一条のひと言だった。

「あおえ、ぐたぐた言ってないで支度しろ」

「あ、はいはい」

文句を言う割に、用を言いつけられるといそいそと従う。まるで長年つれそった夫婦

か、過保護な乳母とわがままな養い子のようだ。そんな譬えが頭に浮かんだと同時に、夏樹は自分と桂もこんなふうに見えていたら厭だなと切実に思った。

「じゃあ、いそがしくなったようなんで、ぼくはもう帰るけど——丹波への道中、気をつけてな」

退散しようとする夏樹に一条は自信たっぷりに、

「大丈夫だ。すぐに戻れるさ」

と応える。確かに彼なら大抵のことにもそつなく対処できるだろう。不安になっているのは京に残される側のほうだ。

夏樹はふとそのことに気づき、一条に気取られぬよう小さく苦笑した。

陽が落ちてあたりが暗くなると、正親町の邸の門前にふたつの影が立った。

ひとりは長い髪を無造作に垂らした美少年。もうひとりは馬頭鬼。言わずと知れた、一条とあおえである。

「本当にわたしを置いていくつもりなんですね……」

あおえはまだ未練たらしく泣きじゃくっていた。その背にはちゃっかり自分の分の荷物が負われている。彼自身も丹波へ行くつもりでいたのだ。

もちろん、一条がそんなことを許すはずがない。どれほど泣こうが、荷物を見せて訴えようが、一条の態度は変わらなかった。

「びいびい泣くな。おまえの泣き声を聞きつけて、この界隈の連中が外に出てきたら面倒だろうが」

馬頭鬼を居候させているなどと世間に公表できるはずがない。誤解して、退治してやろうなどと考える奇特な人間が現れぬとも限らないのだ。いらぬ摩擦を避けるためにも、あおえがここにいることは極力秘密にしなくてはならない。

いまのところ、うっかり他人に目撃されても、「あそこに住んでいるのは陰陽師だそうだから、そういうモノが出るのも致し方ないのか」とか、「それ以前から、あの邸は物の怪が出ると噂だったからな」ぐらいで収まっている。

だからといって、そこで油断して馬頭鬼を白昼堂々と歩かせるわけにはいかない。旅に同行させるなど、とんでもない話だ。

「でも……でも……」

馬づらを涙で汚しつつ、あおえはしつこく食い下がる。

「一条さんが行ってしまったら、わたしはこの邸でひとりで留守番しなくちゃならないんですよ」

「式神がいるじゃないか」

「式神さんたちは気まぐれで、いつも相手してくれるとは限らないんですよ。それに、わたし、夏樹さんから聞いたんですから。この邸は、一条さんが引っ越してくる前から物の怪がでるって評判だったって。その頃の物の怪が出てきたら、どうすればいいんですかぁぁ」

どこから見ても馬頭鬼、これだけの筋肉、冥府の獄卒という前歴。なのに、あおえは怖がりであった。死霊・生霊は平気なくせに、物の怪は一切だめなのである。

一条は、はあっと大きくため息をついた。

「いまさら出るか、そんなもの」

「追い出すとか、封じるとか、しちゃったんですね？」

「ああ、そんなところだ」

「だったら恨んで報復しに来るかもしれないぃぃぃぃ」

ただでさえ、馬らしくくりっとした大きな目が涙に濡れ、夜空に瞬（またた）く星のごとく輝いている。そんな目でみつめられ、しつこく泣き言をくり返されれば、一条でなくともうんざりするだろう。

「いいかげんにしろ」

ついにたまりかねて一条が叫ぶ。それといっしょに拳が飛んで、あおえの顎（あご）にぶちあたった。衝撃で涙の粒がきらきらと闇に舞った。

「ひぃぃどぉぉいぃぃぃぃ」

尻餅（しりもち）をついたあおえは、顎を押さえて前にも増して激しくむせび泣いた。せっかく雨があがったのに、また平安京がずぶ濡れになってしまいそうな勢いだ。

一条はもうひとつため息をつくと懐から何やら取り出し、あおえの鼻先にそれを近づけた。

「わかった、わかった。これをやるから泣くんじゃない」

それは木片で作られた人形（ひとがた）だった。平べったい顔には墨で、ぎょろっとした大きな目、横に広がった鼻、への字口が描きこまれている。

「これをどうしろっていうんですか。一条さんに代わって、これで誰かを呪えってことですか」

「馬鹿か」

がつんともう一発、拳が入った。

「お守りだと思っておけ。これを門のところに埋めておけば、邸の中に物の怪が入ってこられなくなる。どんなに駄々をこねても丹波には連れていけないんだから、これで辛抱しろ」

人形を両手で握りしめたあおえは、ふるふると身震いした。その頬を新たな涙が伝わって、長い顎の先から落ちる。

「ああ……つらくあたったり意地悪したりしても、一条さんはやっぱりわたしのことを憎からず思ってくださるんですねぇぇぇ」

あおえは素早く飛び起き、一条に抱きつこうと両腕を広げた。が、相手はひょいと横へ動いて抱擁をかわす。

「言っとくが、埋めるときは向きに気をつけろよ。この人形がいかつい顔で立ちはだかって魔を跳ね返すんだ、うちに向ければ意味はないからな。絶対、表側を道のほうへ向けるんだぞ」

「……おっしゃる通りにやっちゃったら、正面の家に魔が行っちゃいませんか？」

「かまわないさ、正面の家とは交流もないし」

「あのう……」

「あそこの住人は健康そのものだから、多少の病魔程度なら問題ない。万が一、何かが起こったら、うちに祈禱の依頼がくるだろうし、そのときに罪滅ぼしついでに丁寧に対応してやればいい」

「本当にそれでいいんでしょうかねえ……」

「ぐじゃぐじゃ考えすぎるな。異変なんてまず起こらないから。そもそも、この邸に望んで入りたがる物の怪がいると思うか？」

あおえは疑わしげに目を細めた。

「わかりませんよ。一条さん、けっこうよそに恨まれてそうだから、誰かに呪われたりしませんか？」

「そんな命知らずがこの都にいるとでも？」

一条は傲慢ともとれるほど自信ありげに言い放った。

そこまで言われれば、あおえも「いるはずないか」と思わざるを得ない。

「わかりましたよ。でも、できるだけ早く戻ってきてくださいね。おみやげも忘れないでくれると嬉しいですけど、無理にとは言いませんからね」

あれだけ一条にいじめられても、彼といっしょにいたがる。住み慣れた冥府を離れて現世に来ているという心細さに加え、もともと寂しがりやなのだ。馬頭鬼のくせに。

一条はくすっと笑った。

「安心しろ。丹波で何があったか知らないが、すぐに片づけて帰ってくる」

「きっとですよ」

「ああ。じゃ、真角がいらついてるだろうから、もう行くぞ。いいか、くれぐれも人形の顔を表に向けておくんだぞ」

しっかり念を押して、一条は丹波へ向け旅立っていく。今生の別れでもないのだからｂ彼は振り返らないが、あおえはむせび泣きつつ腕を力いっぱい振っていた。

「お気をつけてぇぇ。早く帰ってきてくださいねぇぇぇ」

一条の足がいきなり速くなったのは、けして真角を待たせているからではなかった。周囲に人目がなくとも、こんなふうに大袈裟に見送られてはたまらない。

あおえには一条の心中などわかるはずもなく、水干の袖で涙をぬぐって別れの気分にひたすら浸っていた。

「ああ、行ってしまわれた……」

一条の後ろ姿はもはや見えない。それでも、あおえは瞳をうるませ、夫を送り出す妻、あるいは恋人と引き裂かれる乙女になりきって立ちすくむ。霧でも出ていたら、気持ちはもっと盛りあがったことだろう。

「どうか……ご無事で……」

くずおれそうになる身体を門にもたせかける。水干の袖を噛み、苦しげに首を振るが、いきなり素の自分に戻って顔を上げる。

「やっぱり、ここで『何やってるんだ!』って突っこみが入らないと盛りあがりませんねえ。ま、いいんですけど」

ぶつぶつと独り言ちながら、土を掘るための道具を取ってくる。気休め程度かもしれないし、効果があったらあったで向かいの家に迷惑がかかる可能性もあるが、せっかくの一条の厚意——かどうかはともかく——を無にしてはいけないと、門前の土を掘り起こす。

人形はたいした大きさではなかったので、埋める穴もあまり深くする必要はなかった。それに、あおえは腕力だけはある。さして時間も経たずに、充分すぎるほど深い穴が用意できた。

「さて、と……」

道具を脇にやって、人形を手に取る。それを穴の底に立たせ、ちゃんと正面向きにする。

「お向かいさん、すみません。もし何かあったら、一条さんとこにお仕事もってきてくださいい。たぶん、お安くしてくれると思いますから、けしてわたしを恨まないでくださいね」

義理堅く断りを言ってから――もちろん、向かいの家の住人には聞こえていない――あおえは人形を埋めようとした。

が、そこで思いも寄らぬ邪魔が入った。大きな野良犬がいつの間にやら近くにいて、敵意に満ちたうなり声をあおえに向けて発していたのだ。

犬にしてみれば、うなるのも無理はなかった。筋骨隆々とした人身馬頭の鬼が暗闇の中、しゃがみこんで何やらごそごそやっているのだ。驚いて逃げるか、でなければ攻撃に転じるかが普通の反応だろう。

犬はどちらを選ぶべきか迷っているらしく、ひたすら身体を低くしてうなっていた。

物の怪ほどに犬は怖くないが、あおえもどう反応していいのか迷ってしまった。

「困りましたねえ。わたしはべつに怪しい者じゃないんですよ。ほらほら、怖くない怖くない」

ひと差し指を頬にあて、笑顔で愛想を振りまく。しかし、あおえの誠意も犬には通じず、むしろ余計に警戒させてしまったらしく、犬は歯を剝き、ますますうなり声を大きくした。

「そんな顔しないで。はい、おいでおいで」

犬をなだめるため、頭を撫でようと手をのばす。が、それが逆効果となり、犬はいきなり吠えると、後ろ足で地を蹴ってあおえに飛びかかった。

「うわっ！」

組み敷かれそうになるのを寸前でかわし、あおえは手をついて立ちあがった。びっくりしたせいで、たてがみが逆立っている。

「何するんですか!!」

ちょうど手近なところに掘った土が山盛りにされていたので、両手でつかんで犬に投げつける。ついでに足も使って土を蹴りかける。

「このっ！　このっ！　このっ！」

あおえが必死になってかけた土が目に入ったらしい。犬はきゃんと鳴いて逃走した。

格闘と称すにはあっけないものであったが、あおえはまるでたったひとりで百匹の群れを掃討したかのように肩で息をしていた。その顔が、大仰すぎるほどの達成感に輝き始める。

「やった……」

このささやかな勝利に、彼は猛烈に感動していた。

「一条さんがいなくても、このわたしひとりでも、邸に侵入しようとする猛獣を見事に撃破できたんですね……」

そうまで言うほどの出来事ではなかったはず。しかし、あおえはひとりで盛りあがり、一条の消えた方角に向かって誇らしげに胸を張った。

「一条さん。どうぞ、わたしのことはご心配なさらず、丹波でのお仕事に専念してください。あおえは日頃のご恩を、この邸を守ることできちんとお返ししてみせますとも！」

自身の雄々しい宣言にまたうっとりとなり、余韻にひたる。が、ふと足もとに目を転じると、その余韻はあっさり消えてしまった。

穴が半分以上埋もれていたのだ。

どうやら、犬相手に土を蹴り飛ばしていた際、その幾許（いくばく）かが穴の中にも入ってしまったらしい。人形は頭の先をちょこんと出しているだけで、あとはきれいに埋もれている。

あおえは少しだけ不安になった。――果たして人形の向きは正しいままだろうか？　めちゃくちゃに撒き散らした土がかかった際、向きが変わったりはしていないだろうか？

腕組みして考え、

「念のため……」

と身を屈めようとしたとき、天から冷たい雨が降ってきた。あおえは暗い空を見上げて、ぽつりとつぶやく。

「ま、このままでもいいですよね。手間が省けて」

あっさりと結論を出すと、あおえは残りの土を人形にかぶせ、完全に穴を埋めてしまった。踏みしめて表面を均し、痕跡もほぼ消す。汗ではなく雨で濡れた額を手の甲でこする。

なんだか、たくさん働いたような気がした。それに泣いたり騒いだりしたせいで、お腹も空いてきた。

「そうだ。ちまきがあったから、あれいただいちゃいましょう」

犬を撃退したことでよっぽど自信がついたのか、さっきさんざん泣いたことも忘れ、あおえは軽い足取りで邸の中へ戻っていった。

それから半刻（約一時間）ほどして。

都の小路を、何かがかさこそと移動していた。とても小さなもので、仮に誰かが通りかかったとしても、うっかり見過ごしてしまいそうなほどだ。

それは一条の邸の門前で、ぴたりと動きを止めた。

中へ入ろうとしかけていたのに、くるりと向きを変える。土が少し盛りあがり、掘り返したような跡のある地点で。

ふらりとそれが方向を変えた先は、正面ではなく隣の家——夏樹の邸のほうだった。

同じ頃、夏樹は久しぶりに和琴を引っぱり出して爪弾いていた。

貴族らしいことはあまり得意ではないが、この和琴だけは恥をかかない程度にこなせる。というのは謙遜で、帝や上司の頭の中将に褒められるほどの腕前だった。

しかし、なかなか集中できない。つい、思考が別のほうへ流れていってしまう。

（もう少し早く帰ってくれれば見送りに間に合ったのに……）

昨夜、宿直だったから、本当は今日も出仕する必要などなかった。しかし、仕事の引継もあり、夕方にちょっとだけ蔵人所へ顔を出し——そうしたら、運悪く上司の頭の中将につかまってしまったのだ。

「あやめ草が美しく咲いているので今度うちに花見に来なさい」

気さくに誘ってくれるのはありがたいが、それからが長い。

「これは大きな声では言えないのだが、最近、また主上が……」

と愚痴が始まったのである。

宮中ではよく知られていることだが、若き今上帝は恋多き〈愛の狩人〉であった。平たく言えば女好きだ。そして、これはほんのひと握りの者しか知らないことだが、高貴な身分も顧みず、運命の相手を探すために夜歩きを企てるほど常識がない。

その場合、無理やり供をさせられるのが頭の中将だった。信頼が篤い分、彼は帝からより多くの被害を蒙っていた。

そういった点では夏樹も同じで、頭の中将には親近感をいだいていた。むこうも同じ気持ちらしく、他人には言えない愚痴を夏樹相手にときどき洩らす。今日もそんな感じで愚痴をたっぷり聞かせてくれたのであった。

「六条に美しい娘がいるとどこからかお耳にされて、忍んでいかれたところまではまあ、普通だが」

本来なら、普通どころかとんでもないことである。しかし、あの帝に限っては日常的な出来事だった。

「その女のもとに通っていた男とばったり鉢合わせ。畏れ多くも尊い御身で、とっくみあいの大喧嘩。おさめるのにどれほど苦労したことか」

こういうとき、急いでいますのでと言えないのが夏樹の性格だった。

「それは大変でしたね」

と、頭の中将に深く同情する。明日はわが身と思うからなおさらだ。

「さらにまた昨夜は……」

延々と続く愚痴を最後までちゃんと聞いてあげ、それから大急ぎで帰宅する。が、すでに遅く、一条は丹波へ旅立ったあとだった。

(まあ、すぐ帰るって言っていたから大丈夫だろうけど)

お互いに仕事があり、隣同士とはいえいつも逢っているわけではない。付き合い自体、一年程度では長いとは言えまい。

だが、その間に幾度も命を助けてもらった。口は悪くとも頼りになる相手だと、その都度、実感させてもらっている。宮中での気骨の折れる仕事をなんとかこなしているのも、一条が近くにいて精神的な支えになってくれているからかもしれない――

夏樹は和琴に置いた手を止めて、ちらりと柱を見上げた。

柱には、あおえからもらった薬玉をぶら下げていた。九月九日の重陽の節まで飾っておき、菊などと取り替えるのが普通だが、夏樹はそれ以降も飾っておこうと考えていた。

（本当は魔よけなんだから、旅に出る一条に持たせるべきだったかな）

が、あの一条に魔よけは必要ないかと思い直し、ひとりで苦笑する。

再び、弦に指をかけたとき、さらさらと衣ずれの音が近づいてくるのが聞こえた。

「夏樹さま、よろしいですか？」

遠慮がちに声をかけ、乳母の桂が部屋に入ってくる。手にした長い棒は蔀戸を開閉するためのものだ。

「おくつろぎのところをお邪魔します。雨が本降りになってまいりましたので、蔀戸をお閉めいたしますわ」

夏樹がいいとも悪いとも言わぬうちに、桂はバタンバタンとあわただしく蔀戸を下ろしていく。

「もしかして、和琴がうるさかった？」

不安になって訊いてみるが、桂は首を横に振った。

「まあ、滅相もございません。夏樹さまが琴に熱中されてお風病を召したら大変と思い、飛んできただけですから」

「ああ、ありがとう」

「お腹はすいておられませんか？　菜の羹（汁物）でお夜食にされます？」

「ああ……そうだね、少しならもらおうかな」

ここで要らないと言おうものなら、「食欲がないなんて、まさか病気では」と桂に余計な心配をさせてしまう。さして空腹ではなかったが、夏樹は年老いた乳母のために夜食を所望した。

「では、少々お待ちくださいね」

桂は機嫌よく部屋を出ていく。夏樹はやれやれと小さくつぶやいて立ちあがった。

窓辺に寄り、乳母がさっき下ろした蔀戸を少し押しあげ、外を覗く。確かに雨足が強くなってきたようだ。釣燈籠（つりどうろう）の明かりを反射して雨は細い銀の糸のように輝き、次の瞬間には闇にまぎれていく。

なんの変哲もない光景。それを見ても、思い出されるのはここにいない友のことだった。

（いまごろ、どこらへんかな。雨に降られて困っていないかな）

濡れながら真角と皮肉を言い合っている一条を想像すると、自然に口もとがゆるんでくる。

（あのふたりなら、ぼくが心配することもないか……）

蔀戸をきちんと下ろして振り返る。和琴に近寄ろうとした夏樹は、一歩踏み出しただけで足を止めた。

何かが視界の隅で動いたのだ。

夏樹はその動きにただ本能的に反応し、何も考えずに視線を向けた。

庭に面した遣戸(やりど)がほんの少し開いている。その細い隙間から小さな人間が身体半分を入れてもがいていたのだ。そう、とても小さい人間だ——身長がせいぜい四、五寸ぐらいしかない。

夏樹は呆然(ぼうぜん)と口をあけて見ていた。恐怖はない。驚きすぎて、目の前の生き物の実在が信じられなくて、身体も思考も完全に固まってしまっている。

その間にも、小さな客人はなんとか隙間を抜けようと悪戦苦闘していた。偶然遣戸に挟まれたのではなく、自力で部屋の中に侵入しようとしているのだ。その目的など夏樹にはわかるはずもない。

閃(ひらめ)いたのは、昨夜、蔵人所で同僚が語っていた怪談だった。方違え(かたたがえ)のため泊まった邸で起こった怪異、眠る子供の枕もとを進む小さな五位たち。あれと目の前の状況は、似ていると言えなくもない。

もっとも違う点も多い。あの話では、方違えの家では五寸ばかりの馬に乗った五位が十人も現れたことになっている。五位だとわかったのは、彼らが浅緋(あさあけ)の束帯(そくたい)を身にまとっていたからだ。

いま夏樹の前にいる男は、そんな立派な装束など着てはいない。緑色の薄汚れた水干に、頭に載せているのは折烏帽子。庶民の服装だ。

それもひとりきり。馬も、もちろんいない。こう言ってはなんだが、容姿もどこにでもいそうな平凡なものだ。夏樹が恐怖心をいだけないのは、相手が見るからに貧弱そうだったからでもあった。

このまま遣戸をぱたんと閉めたら、あっけなくつぶれてしまうだろう。そうしたほうがいいのだろうが、さすがに殺すのはためらいがある。

やがて、緑の水干の小男はなんとか遣戸の間を通り、内部への侵入を果たした。次に何をするんだろうかと見守っていると、小男は何を思ったか、腰に差していた太刀を鞘から抜き放った。

そして、やにわに夏樹に向かって突進してきたのである。

突然、敵意を向けられても、どうしようもない。この事態そのものを把握できていないのだ。その隙を狙って、男の持った小さな小さな刀は夏樹の足首をさっと横薙ぎにする。

鋭い痛みが――走らなかった。葉っぱが一枚、足にあたったかな、ぐらいの感触しかなかったのだ。

夏樹は腰を曲げて足もとを覗きこんだ。小男はまだ必死に刀をふるっている。だが、その切っ先は皮膚に突き刺さらず、刀身はぺらんぺらんとしなるばかり。

なんの害も与えられない武器を懸命に振りまわしている姿には、やっぱり恐怖心をいだけない。むしろ、気の毒になってくる。

「無駄だと思うけど……」

おそるおそる声をかけてみても、男は聞く耳も持たずにひたすら夏樹の足を斬りつけている。まったく効果がないので意固地になっているようだ。こういう場合、どうすればいいんだろうと夏樹は迷った。

むこうが敵意をいだいていることは確かだ。だが、理由は全然思い当たらない。説得しようにも耳を傾けてくれない。悪いのはどう考えても不法侵入したこいつなのに……。

考えた末、こんなやつに礼を尽くしても無駄だという結論に到達した。ここは一発ぶん殴って目を醒させてやったほうがいいのではなかろうか、と。

試しにちょっと蹴ってみた。よほど軽かったのか、たいした力もこめていないのに小男は部屋の入り口近くまで吹っ飛んでしまう。

「あ、しまった」

やりすぎたかと思い、夏樹が駆け寄ろうとしたそのとき、桂が夜食を載せた高坏を持って部屋に入ってきた。

「お待たせいたしました。羹だけでは物足りないでしょうから、干し飯も持ってまいりました」

目の悪い桂には、足もとに転がっている小男が見えない。夏樹は咄嗟に注意しようとしたが、その前に桂が足もとの彼につまずいてしまった。

「あっ」

驚きの声をあげ、桂は前に倒れこむ。高坏の上から器が落ち、羹の汁がはね、干し飯が飛び散る。

「桂！」

夏樹が素早く前に出て乳母を抱き止める。指貫袴（さしぬきばかま）に熱い汁がかかったが、そんなことよりも桂が怪我（けが）をしなかったか、あの小男がどうなったかが心配だ。

「大丈夫かい？」

「ええ、わたくしは平気ですけれども……」

桂を離し、今度は足もとを調べる。が、床が食べ物で汚れているだけで、男の痕跡は何も見あたらない。目を離したのはほんの一瞬。隠れるような場所も逃げ場もないのに。

「もしかして踏んだ？」

「何をですか？」

桂は不思議そうに訊き返す。

「そのう……いや、何かはわからないけど、小さなものがいたような……」

返答に困った夏樹は適当な表現でごまかそうとする。あんなものが見えたと正直に言おうものなら、またしつこく心配されてしまう。

幸い、桂は夏樹の曖昧な返事を追及しはしなかった。

「つまずきはしましたけれども踏んではおりませんわ。それより、汁で火傷をなさいませんでしたか？」

「いや、指貫は濡れはしたけど、そんなに熱くはないよ」

「少々お待ちくださいまし。拭きとるものを持ってきますわ」

桂はあわてて部屋を出ていく。ひとりになった夏樹は四つん這いになって、もう一度床を調べてみた。

どれほど目を凝らしても、あの小男がここにいたという証拠はみつからない。和琴をひっくり返して裏を見てみても無駄だった。

あの男が幻だったとは到底思えなかった。貧相な顔も服の色も鮮明だったし、ぺらぺらの刀の感触を足首に何度も感じた。自分は寝ぼけてもいないし、酔ってもいない。

床に落ちている干し飯をひとつ指先にくっつけ、間近でよく見てみる。もしかしてと思ったのだが、勘はあたった。

干し飯に緑色の染みがぽつんとついていたのだ。ひと粒だけではなく、ほとんど全部に針の先で突いた程度の緑が残されている。小男の水干と同じ色だ。

（あの話では、打撒の米に血がついてたんだよな……）

干し飯は炊いた米を干して固くしたもの。これをぶちまければ、結果として魔よけの打撒と同じことになるかもしれない。

しかし、干し飯にこびりついているのは血ではなかった。鼻を近づけると青臭いにおいがする。植物の汁のようだった。

「これはもしかして……、蓬？」

こぼれた羹の具は蓬ではない。柱に吊るした薬玉の飾りの蓬にもなんら変化はない。となると、干し飯についた緑はあの小男自身に関わるものなのだろう。

これにいったいなんの意味があるのか。そもそも、あいつはなぜ攻撃を仕掛けてきたのか。あんなものの恨みを買うようなことを、自分はいつやらかしたのか。

夏樹は眉間に皺を寄せてひたすら考えてみた。だが、いくら考えても疲れるだけで、解答は一向に得られない。こういうとき相談に乗ってくれる友もいまは遠方で、夏樹には為す術がなかった。


夏樹の部屋で乳母が干し飯をぶちまけたのとまったく同じ時刻、京の一角に建つあばら屋で男の悲鳴があがった。

「うわっ！」

顔を押さえてうずくまったのは、あやこの息子、兄の三郎のほうだ。痛がる彼に、それまで静かに見守っていた母親と弟の四郎があわてる。

「どうしたんだえ、三郎」

「兄者（あにじゃ）！」

「顔が、顔が!!」

わめく兄を落ち着かせたのは母親の愛のこもった鉄拳だった。

「ええい、しっかりおし」

その老いた身体のどこにこんな力がと驚くほどの威力で、殴られたほうは壁際まで吹き飛ばされ、柱に頭をぶつけてぐにゃりとなる。

「あ、兄者」

「三郎！」

殴ったあやこも四郎とともに血相を変えて駆け寄る。両側から支えられて半身を起こし、三郎はうめきながら顔を上げた。その頬や顎、額に以前はなかったもの、小さな赤い点が散らばっている。

「なんなんだね、それは」

あやこは気味悪そうに顔をしかめて息子の顔を指差した。

「おれの顔が……どうかしたのか？」

三郎は不安そうに顔をこすった。確認したかったろうが、この家に鏡のように高価なものがあるはずがない。

「赤い点々がいっぱいついてるけど、痛くはないのかい兄者」

「いや、痛くもかゆくもない。顎のほうが痛い」

三郎はぼやきながら、母親に殴られた顎を押さえた。殴った当のあやこは聞こえなかったふりをして、

「大丈夫かい？　いったいどうして、いきなり叫んだりしたんだい？」

「いきなり顔に何か小さいのがたくさんぶつかったような感じがして、それがちりちりと痛くて驚いて……」

三人してきょろきょろと周囲を見廻すが、それらしいものはどこにも落ちていない。目につくのは敷きっぱなしの夜具と破れ目の多い屏風（びょうぶ）。それと、彼らが協力して設（しつら）えた祭壇だけだった。

祭壇の上には、棒に紙をつけた簡単な幣束（へいそく）が数本と、奇妙なものが供えられていた。蓬を寄り合わせてところどころを糸で縛り、人の形にしてある。さらに腰には刀を携えているかのごとく、細長い菖蒲（しょうぶ）の葉が差してある。

貴族の邸から貧しい民家まで、五月五日になれば魔よけのために蓬や菖蒲を家に飾り、それで人形を作ったり薬玉にあしらったりする。いわば、この季節にたやすく手に入る

神聖な植物がこれらなのだ。

「大丈夫かな、おれ……」

気弱になる兄を弟が元気づけようとした。

「ああ、大丈夫だよ、兄者。もうほとんど消えかかってるじゃないか」

「本当か？」

実際、その赤い点はすぐにまわりの皮膚と同じ色に変わっていった。もともとが、さほどはっきりした赤みではなかったのだ。

「返しにあったんじゃな」

突然、いかにも確信ありげにあやこが断言した。ふたりの息子は同時に母を振り返る。

老婆の目はぎらぎらと輝いて、託宣するときと同じ顔になっていた。この気迫で「この娘御に憑いている物の怪を調伏するには、これだけのものを差し出さねばならぬ」などと言われれば、大抵の者が従うだろう。修理大夫の妻がだまされそうになったのも無理からぬことであった。

だからといって、まったくの詐欺師かというとそうでもない。巫女としての力は確かに持っている。ふたりの息子を陰陽師に育てあげたのも、まぎれもなく彼女なのだ。

その自信をたっぷりと見せつけつつ強く言い切る。

「うむ、間違いないわ。こちらが秘かに放った術をどのようにしてかは知らぬがあの童は見破り、返しを行ったのよ」

　ひとを呪わば穴ふたつの言葉通り、仕かけた術が破れればその力は術者に直接はね返ってくる。それが返しだ。

　兄弟ふたりは不安そうに顔を見合わせ、あやこは腕組みをして何事かを考えこみ始めた。息子たちとは違って怖じ気づいている様子はかけらもない。むしろ、闘争心をかきたてられているようだ。

「さすがはあの賀茂の権博士の直弟子よ……」

　くやしさ半分、嬉しさ半分といった調子であやこはつぶやいた。

「若輩者と思うて、三郎は相手をいささか甘く見ておったかもしれんな」

「そんな、いまさら」

　三郎は情けない声を出した。陰陽の術で権博士の弟子を懲らしめてやれと彼に命じたのは母のあやこだし、その術を教えたのも彼女だ。親に素直に従った三郎ばかりが責められるのも理不尽な話だ。しかし、そんな理屈の通用する親でもない。

「兄者は悪くないよ、母者の教えた術が弱すぎたんだよ」

　弟が兄を励まそうとしたが効果はなく、逆にもっと落ちこませてしまう。母は母で、それ見たことかと鼻で笑った。

「まったく、わしの術の奥深さもわからぬくせに口だけは達者じゃわい。どうしておまえたちにはこの霊力が伝わらなかったのかのう。やはり、年はとっても、わしのほうが上じゃな。都の貴族から東国の武士(もののふ)まで、わしの霊力、魅力に感服せぬ者はひとりもいなかったんじゃからのう」

いつもの口癖を使って胸を張る。彼女の言うことが真実か否かは、なにぶん昔のことゆえ誰も確かめることができない。

「三郎が失敗したからには……」

怪しく底光りする目を兄から弟へと転じて、巫女はにやりと邪悪な笑みを作る。油の切れかけた燈台(とうだい)の火が、その横顔を不気味に照らしている。

「四郎、次はおぬしがやるんじゃ」

「おれが？」

弟は兄と違って露骨にいやそうな顔をした。

「そんな、さすがはあの権博士の直弟子とかなんとか言ったのは母者ではないか」

「こうも言うたであろう、仕損じたのは甘く見たせいなんじゃと。蓬の人形ごとき、ちんけなものを使(つこ)うたからじゃよ」

その術を教えたのは誰だったか、あやこは意識的に忘れている。

優しい三郎はそれを指摘したりしない。申し訳なさそうに身を縮めている。四郎は兄のその姿を横目で見て、なんとか母親に抵抗を試みた。

「兄者でも手こずる相手、おれごときが立ち向かえるはずもないと、母者もわかってい
るだろうに。おれは兄者と違って、ろくに修行もせず博打にばかり熱中して……」
「そうじゃったな。おぬしらの博打好きにはほんに苦労させられたわ。じゃがな」
弟の耳をぐいとひっぱり、くさい口を近づける。兄には聞こえぬようひそめた声で、
「陰陽師としての才は三郎よりもそなたが上じゃと、わしはつねづね思うておったよ」
弟は邪険に母親の手をはねつけた。しかし、それほど力は入っていない。
「またそんなこと言って……」
「いや、おぬしならできる。できるとも。わしがとっておきの術を教えてやるから、何
も案じずともよい」
熱心な口ぶりに弟の表情が揺れる。そこへ兄が割りこんで、弟の拳を両手で包みこむ
ように握った。潤む目で彼をひたと見据え、
「頼む、四郎。おれの分のかたきもとってくれ」
「兄者まで……」
「おれは力及ばず、母者の期待に応えられなかった。けれども、おまえならば必ずやっ
てくれる。おれはそう信じている」
本気で言っている分、説得力があった。母におだてられ、兄に泣きつかれ、弟は断崖
絶壁の上に立たされた気分で視線をさまよわせる。

「そうとも、四郎」

ここぞとばかりにあやこが重ねて言った。

「わしの無念と、三郎の無念、ふたつまとめて返してやっておくれ」

ふたりがかりで熱くみつめられては、四郎も折れぬわけにはいかなくなった。兄と違って文句は言うが、結局のところ母親に逆らえないという点では彼も同じなのだ。

「自信はないけど……」

そうつぶやいたのが運の尽きだった。

「そうか！　おれに代わってやってくれるか！」

「それでこそ、わしが腹を痛めて産んだ子じゃ！」

賀茂の権博士の直弟子を陥れるために、親子三人は改めて堅く団結したのであった。

第三章　それぞれの災難

　清らかに澄み渡った空のもと、丹波国(たんばのくに)の官舎の庭では卯(う)の花がこぼれ落ちんばかりに咲き乱れていた。

　白い花と緑の葉の美しい対比に誘われるように、一匹の野良猫が庭に迷いこんでくる。が、官舎の中から聞こえてきた声に驚き、猫はびくっと震えて姿勢を低くした。

「どうあっても陰陽師(おんみようじ)にはなりたくないと言うのか？」

　けして大きな声ではないが、静かな怒気が混じっている。だからこそ、猫も警戒心をいだいたのだ。

　しかし、それに返答する少年の声には、まったく怖(お)じる気配がなかった。

「もう決めましたから。ぼくは陰陽道ではなく学問で身をたてます。父上がどうおっしゃろうと、ぼくの気持ちを変えさせることはできませんよ」

　屋内の人間たちはこちらに気づかず、話を続けている。たぶん大丈夫だろうと思い、猫は緊張を解いた。心地よい陽(ひ)の光を全身に浴び、力いっぱい伸びをする。それから身繕いを始めたが、まだ耳だけは屋内のほうへ向けている。

声はふたり分しか聞こえてこないが、野生の感覚は三人分の気配を感じ取っていた。何もしゃべらないもうひとりは何をしているのか？　仲裁に入ればいいのに、と思いながら猫は大きくあくびをした。

その後も言い合いは続き、終止符は突然打たれた。庭に面していた御簾(みす)が勢いよく撥(は)ねあげられ、中から男がひとり出てきたのだ。

反発する少年を諭(さと)そうとしていたのはこの男だったらしい。望む通りにいかなかったと見えて、その表情は硬い。

彼は一瞬だけ庭を向き、卯の花の下の猫と視線を合わせた。なんの関心も表さずにすぐ目をそらし、簀子縁(すのこえん)を歩いていく。だが、猫のほうはそうはいかない。まるで自分が叱られたかのように感じ、その場から素早く逃げていく。

庭から猫が消え、男も去り、室内にはふたりの少年が残されていた。一条と真角だ。先ほどの男と口論をしていたのは真角のほう。その証拠に、頰がうっすら上気している。声は冷静なように聞こえたが、実際はかなり興奮していたらしい。

久しぶりに対面した父親と進路について語り合ったのだ。しかも両者の意見は平行線のまま。真角が興奮するのも致しかたないことだった。

横で親子のやりとりを見聞きしていた一条は、ずっと無表情を押し通し、口も一切挟まなかった。自分には関係がないと思っているのか、ただ遠慮していただけなのか、微動だにしないその美貌から他人が推し量ることは不可能だった。

ふたりの間に沈黙が流れる。静かすぎる相手にじれ、真角はぶっきらぼうに声をかけた。

「ぼくは手伝わないからな」

一条は何も言わない。真角の頬がさらに赤みを増す。

「陰陽師にならないって宣言したんだから、今回の件に関わるつもりはない。父上は、ぼくが勤めをこなして自信を持てば考えを改めると思っているようだったけれど、そんなことぐらいで揺らぐような決心じゃないんだから」

父親と話していたときよりもずっと、口調が感情的になっている。いままで耐えていたものが一気に噴き出してきたかのようだった。

そんな自分に苛だち、真角の口調はますますきつくなった。

「言いたいことは言ったんだから、すぐに京へ帰る。また呼ばれたって、もう丹波には来ない」

真角はそう言うや、立ちあがって部屋を出ようとした。その背中に、いままで沈黙していた一条がやっと言葉を投げかける。

「そういうわけにもいかないだろ」

真角が振り返ると、彼は垂らした髪を後ろに掻(か)きやっていた。もともとの師匠である丹波権介(たんばのごんのすけ)の前でも、そういう格好でいるところが彼らしい。

「丹波の連中にはもう、京にいる息子を呼んで事にあたらせると言ったそうだし……やるしかないぞ」

「そっちが息子役をやればいいじゃないか」

「無理だな」

一条はきっぱりと言い切る。

確かに、彼と丹波権介では全然似ていない。京からやってきたふたりの少年を見比べれば、どちらが賀茂(かも)家の人間かは、誰でも言い当てられるだろう。

しかも、丹波の官人たちは、一条のことを男装の美少女だと思いこんでいるふしがあった。髪も結わず、烏帽子(えぼし)もかぶらず、この顔で狩衣(かりぎぬ)を着ているのだから、誤解されるのも無理はあるまい。熱い視線をたっぷり注がれたが、一条はそれを完全に無視した。面倒がってか、誤解を解く努力もしない。

「考えてもみろ。実の息子がさっさと逃げ帰ったので、赤の他人が代わりにひとりで厄介事を解決しましたなんてことになったら、お父上は恥ずかしくて丹波に居づらくなるぞ」

「他人事(ひとごと)だと思って……」

「ああ、他人事だとも。ついでに言わせてもらうなら、苦労して学者になれたとしても暮らし向きは楽じゃない。それなりの年になっても自分の家ひとつ持てない学者は、ごろごろいる。ようやく手に入れたところで、都のはずれの狭い古屋がせいぜいだな」

嫌味たっぷりの言いように真角はもちろん反発した。

「まるで自分が邸を構えているのを自慢しているみたいだな。でもな、あれこそまさに古屋じゃないか」

「だが、充分広いし格安だぞ。陰陽師になれば、物の怪の出る広い邸を買い取って、あとできれいにして住むこともできる」

本気で言っているのか、からかっているだけなのか、真角にはよくわからない。一条の整いすぎた容貌を前にしていると、うかつに踏みこむなと警告されているような気がする。

昔から、真角は一条が嫌いだった。見た目はよくとも中身が難ありなのは、否定しようもない事実。

それなのに、あの鈍そうな新蔵人がこの一条となぜ親しくできるのか、真角はつねづね疑問に思っていた。お隣同士だから、という理由は成立すまい。おそらく、新蔵人が本当に鈍いからやっていけるだけなのだろうが……。

「まあ、どっちの道を選ぶにしろ」

一条はいかにも大儀そうに、ゆっくりと立ちあがった。

「丹波の用事をさっさと済まそうか」

真角もついてくるものと決めてかかっている口振りだ。いまいましいが、一条の指摘通り、父のことを考えるとこのまま何もせずに京には戻れない。

板挟みになった少年は自分の誇りと親の立場を天秤にかけ、精いっぱいの妥協をした。

「ついていくだけで何もしてやらないぞ。それでいいんだろ」

一条は妙に含みのある笑みを浮かべると、

「はなから期待してない」

と意地悪く答えた。


都の西に陽が落ちる。光の余韻は次第に消えて、黄昏の空気が青く染まっていく。

黄昏時――魔物が横行すると言われるこの時間、とある寺院を囲む塀沿いに三つの人影が歩いていた。

まわりをやたらとうかがっているし、誰かが通りかかると、

「ほら、ひとが来る。早く隠れるんじゃ、ぐずぐずするでない」

としわがれた声をあげ、三人は素早く物陰に隠れる。どう考えても怪しい。

案の定、人目がなくなると、彼らのうちのひとりが寺の築地塀によじ登った。あとのふたりは不法侵入者の尻を押して手助けをする。途中、滑り落ちそうになったことが何度かあったが、そのつどなんとか踏んばって持ちこたえ、無事に塀の向こうへ消えていく。

「……四郎は大丈夫かな」

「案ずるでない。あやつはおまえよりは身軽じゃからな、うまくやってくれるとも」

塀の外で待っているのは年老いた巫女のあやこと息子の三郎だった。塀の内に忍びこんだのは、もうひとりの息子の四郎だ。

短いような長いような時間が流れ——塀の向こうから四郎が戻ってきた。脇には古めかしくて大きな巻物を挟んでいる。

「母者、兄者。ほら、盗ってきたぞ」

ずっと息をひそめて待っていたふたりが、ささやかな歓声をあげる。

「でかした、四郎」

「それでこそ、わしの子じゃ」

目的のものを非合法に手に入れた三人は、足早にその場から離れた。

「ふふん、ほら見たことか。わしの言うた通りであろう。この寺はな、真夜中よりもこの時刻のほうが手薄なのよ」

先を急ぎながら自慢する母に、下の息子があきれ返ってつぶやく。

「母者……ほんとにいろんなところに出入りしてたんだな」

「だから、日頃言うておるじゃろうが。都の貴族から東国の武士(もののふ)まで、羽振りのよい頃のわしには広い付き合いがあったのよ。堕落させた坊主もひとりふたりじゃないぞ」

老婆は片目をつぶってみせる。いまでも充分色っぽい、と本人は思っているらしいが、そこから過去の美貌を想像するのは難しい。

弟が正直な意見を述べようとしているのを、兄は気配で察し、

「とりあえず、これで準備はそろったな。母者とおれのかたき、よろしく頼むぞ、四郎」

兄からそう言われれば、弟としてはうなずくしかない。

「こんなものまで盗んできたんだ。やるしかないものな。仕方がないさ。仕方がなかったんだ」

四郎の台詞(せりふ)は言い訳めいて聞こえた。寺に盗みに入ったことに良心の呵責(かしゃく)を感じているふうだったが、あやこは気づかないふりを装い、

「さあさ、急いだ急いだ。さっそく、二回戦といこうじゃないか」

不自然なくらいはしゃいで、母は息子たちの尻をひっぱたいた。住処(すみか)にしている小屋に帰り着くや、はりきって指示を飛ばしたのも彼女だった。

「さあ、さっそくそれを壁に掛けるんじゃ。三郎は祭壇の支度をおし。昨日と同じで一

向に構わぬぞ」

言われるままに、弟が盗んできたものを兄が広げて壁に掛ける。次の瞬間、あざやかな朱色が視界に広がる。それは、地獄のありさまを描いた絵図だった。

絵の中では鋭い剣の生えた山がそびえ、血の池が広がり、あちらこちらで火炎が燃え盛っていた。そんな荒涼とした地に裸の亡者を追い立てていくのは、馬頭鬼と牛頭鬼だ。腰布一枚のその身体はたくましい筋肉に覆われており、武器を振りまわしては亡者たちを脅す。亡者たちは仕方なく火の中に、血の池に、剣の山に飛びこんでいく。

いずこの名人の筆によるものか、その描写はおそろしいほど真に迫っていた。死せる者の泣き叫ぶ声、猛火のはぜる音が聞こえてきそうだ。流された血のにおい、肉の焦げるにおいも漂ってきそうだ。

寺ではこういうものを参詣者に見せ、地獄のおそろしさ、悪行を積む者の罪深さを説いている。それもこれも、善男善女を正しい道へと導くため。なのに、あやこはこの地獄絵図を利用して、さらなる悪行を積もうとしていた。

「これほど真に迫っていれば、術の効果も増そう」

おそれげもなく絵の中の牛頭鬼や馬頭鬼に触れ、あやこは息子たちを振り返った。

「さあ、思い描くのじゃ。この鬼どもが、敵のもとへと攻めこんでいくさまを。きっとこの絵の亡者どものように、ひいひい泣き叫んで逃げまどうじゃろうなぁ」

うひゃうひゃと妙な声をあげて彼女は笑った。まさかその術が門前に埋められた人形によって跳ね返され、あらぬ方向へ向かうなどとは、いくら巫女でも知りようがなかったのだ。


山中のその庵(いおり)に一条と真角がたどりついた頃には、もうだいぶ陽が落ち、あたりは薄暗くなっていた。

あれからまた賀茂の親子が口論を始めたために、こうまで遅くなってしまったのだ。おかげで真角はずっと不機嫌に黙りこくっている。一条も無駄口を叩(たた)かないし、ふたりの間の雰囲気は重い。

彼らはともかく、かわいそうなのは道案内のために同行した若い従者だった。ただでさえ、周囲は刻々と暗くなり、不気味な気配を醸(かも)し出している。それでも無理をして平気なふりをしているのは、まだ一条のことを男装の美少女と思いこんでいるせいだった。

「やはり都ならばこそ、このような美しいかたがいらっしゃるのですね。けれど、いくら権介さまが保証されたとはいえ、あなたのようなかたがあそこへ行かれるのはあまりに危険だと思いますが……」

あわよくば口説こうと、しつこく一条に話しかけている。一条もあえて誤解を解こうとはしない。

「どうか、お気遣いなく」

無駄な労力は使いたくないとばかりに、笑顔と曖昧な言葉ではぐらかしている。

やがて、彼らの前にその庵が見えてきた。

想像していたほど荒れてはいない。ひとが住まなくなってから、まだそれほど時間は経っていないらしい。

雨風がどうにかしのげる程度の小さな庵だが、世を捨てて仏道に専念する暮らしにはこれでも充分だろう。周辺は静か、それでいて街道も近く、さして不便でもない。しかし、だからこそ困るのだ。

案内役の従者は庵を目にした途端、落ち着かなげになった。

「では、わたしはこれで……。おふたかたも、どうかくれぐれもお気をつけて」

何度もくり返しながら、早足で逃げ帰っていく。いくら心配でも、一条たちとともに庵に踏みいる勇気までは持ち合わせていなかったらしい。

残されたふたりはなんのためらいもなく庵へ入っていく。まずは照明の燈台を探し、持参してきた油を注いで火をつけた。

たったひとつの小さな火が庵の中を照らす。外から見た印象よりは広い。が、そのままに残された屏風や少しの調度は至って質素だった。

この庵に以前住んでいたのは、かつて都でもそれなりに名の知られていた僧侶だった。彼はその名声を捨て、このような山中に庵を結んでひたすら仏道の修行に励んだという。その実直な性格を表すように、必要最低限のものしかここにはなく、そのどれもがきちんと整理されていた。病で身罷（みまか）ったというここの住人が、いまにもひょっこり帰ってきそうな気までしてくる。

しかし、よく見れば、文机（ふづくえ）に置かれた経本にはうっすらとほこりが積もっていた。日夜拝されていただろう仏像も同様で、手向（たむ）けられた花は茶色くしおれている。いずれは雑草が庵の中にまで侵入し、雨風が屋根や壁板を腐らせていくだろう。ここにある経本も仏像も、引き取り手がいなければ庵とともに朽ちていくしかない。

「一か月でもうこんなか……」

一条はなんの感慨もなく思ったままをつぶやく。

真角はきょろきょろと周囲を見廻（みまわ）している。落ち着かないようだが、あの案内人のように無闇におびえているわけではない。

「何か感じるか？」

急に話しかけられ、真角はとまどいつつ返事をした。

「どこからか見られているみたいだ。男だと思う。敵意を感じる」

「勘はいいな。お父上が惜しまれるのも無理はない。せっかくだから磨けばいいのに」

またその話かと露骨に厭そうな顔をし、真角は口をへの字に曲げて黙りこんだ。言い争いにまでは発展しない。そんな雰囲気の場所ではないのだ。

この庵で怪異が起こるようになったのは、家主が病没してすぐだった。彼の徳を慕ってときおり世話をしに来ていた女性の信奉者が、まず気づいた。

視線に。

その執拗な視線は、彼女が気味悪がって庵を飛び出すまで、ずっとつきまとっていたという。あとは誰が来ても同様だった。

中には、一晩ここに居座ってやろうと試みた剛の者もいた。しかし、翌朝には彼も庵を飛び出して気を失ったところを発見された。何があったのかと問い質しても、要領を得ないことを叫ぶだけだった。

庵を取り壊し、あとに供養のための御堂を建てようとした者もいたが、壁板一枚剝がせぬうちに怪我をする始末。みな、何かしら災難にあって、ここへは近寄らなくなる。

そんなことが短期間に立て続けに起こり、あの庵にはよほどおそろしい何かがひそんでいるのだろうと噂がたった。そうなると、この近くの街道を通るのをみなが忌むようになる。不便なこと、この上ない。

どうにかせねばと人々が悩んでいた折に誰かが、

「いまの丹波権介さまは、かつては都の陰陽寮におられたらしい。その道によく通じ、ご子息も評判の陰陽師とか」

と言ったとか言わないとか。とにかく、こうして庵の件は権介のところまで廻ってきてしまった。

あの賀茂の権博士の実父だ。ひとりで解決できないことではない。しかし、彼はこれ幸いと、真角を呼びつける口実にしたのである。

権介が何を考えたのか、一条にはおおまかながら推測がついた。年の近い彼が目の前で陰陽師たる場面を見せつけ、真角が対抗意識を燃やすのを期待しているのだ。

（狸親父め……）

一条は自然に色づいた唇の片端だけを上げて苦笑した。

陰陽師への道を啓いてくれた恩人を、心の中とはいえ狸親父呼ばわりしても、罪の意識はまるでない。真角がいなかったら、自分を賀茂家の問題に勝手に引きずりこんだことへの嫌味を、十や二十はぶつけていたかもしれない。

一条は円座をみつけ、自分だけ敷いてすわった。真角も探したがひとつきりしかなかったようで、仕方なく床板に直にすわる。袴が汚れると文句を垂れていたが、一条は完全に無視した。

双方ともどうして自分がこんなところでこんなやつと、と思っているのがありありと出ている。こんなところだからこそ力を合わせなければならないのに、そんな気は欠片もない。

その間にも、正体不明の視線は彼らへの敵意を募らせていた。しかも、増えている。天井の梁の上、屛風の後ろ、蔀戸の隙間、いたるところから見られているのだ。果ては床板や壁板の木目までもが、こちらを監視する目に変じたような心地さえする。

執拗で、憎しみに満ちた、圧倒的な視線――

さすがに真角も落ち着かなげに腰を浮かした。嫌っているはずの一条に少しばかり身体が寄っていたが、本人は意識していない。

指摘してやろうと一条が口を開きかけたとき、燈台の明かりの届かない庵の隅で、何かがきらっと光った。ふたつ並んだ金色の光点は、まるで獣の目のようだ。

しかも、その光点は瞬く間に数を増やしていった。

耳を澄ませば、ずるっと何かを引きずるような音がしている。その音が、近寄ってくる。生ぐさい異臭を伴って。

「来たな」

一条がつぶやいた。心持ち、笑みまで浮かべている。

ふたりが待ち構えていると、視線の主はようやく明かりの届く範囲内まで進み出てきた。無数の蛇だ。

光っていたのはその瞳。黄色っぽい鱗にも濡れたような光沢がある。細く短い小さな蛇だが、問題はその数だった。まるで闇から湧いて出るかのように、次から次へと這い進んでくる。

天井の梁からぽとりと落ちてくるものもいる。床板にあいた穴から押されたように出てくるものもいる。そのどれもが、ぎらつく目で一条と真角をみつめている。

真角は顔面を蒼白にし、妙な悲鳴をあげた。蛇の群れから少しでも離れようと後ろへさがるが、すぐに背中が文机にあたり、それ以上後退できなくなる。

「なんとかしろよ、一条」

叫ぶ真角に、一条は冷たく切り返す。

「そっちこそ、なんとかしろよ」

蛇たちの数に驚きこそすれ、一条はけして怖がってはいなかった。真角の動揺ぶりとはまるで違う。

「蛇は苦手なんだ！」

「そうだったのか？　賀茂の邸に居候してる頃にそれを知ってたらな……」

意地の悪いことをつぶやきながら、一条は懐から一枚の呪符を取り出した。真白き紙に文字が一行したためられているだけのそれを、彼はひと差し指と中指で挟み身構える。

いきなり跳びかかってきた一匹の蛇を、その紙一枚で両断する。真っ二つにされた肉塊は、鋭利な刃物で斬られたようなきれいな断面を見せて床に落ちた。

一条の持つ呪符のほうは、よれてもねじれてもいない。真紅の血がひと粒浮いていたが、すぐに紙面に吸いこまれていく。真白き紙が赤く濁る。

血のにおいが興奮させたのだろうか。蛇たちは仲間の死骸を乗りこえ、いっせいにふたりに迫ってきた。

真角が悲鳴をあげる。手近にあった分厚い経本をつかみ、力任せに蛇の頭に打ち下ろした。小さな頭は簡単につぶれて血を飛び散らせた。その血が顔にかかり、真角はまたもや情けない声をあげた。

「なんとかしろよ！」

「うるさい、少しは黙って闘え」

毒蛇ではなさそうだし、一気に駆け抜けて外に逃げることは可能だろう。しかし、これほど蛇を怖がっている真角には、それもできまい。

真角本人はどうなろうと構いはしないが、彼の父や兄の嘆きを思うと見捨てていくのははばかられる。ならば、闘うしかあるまいと決めた一条は、紙一枚で蛇たちに立ち向かった。刀剣などは一切、携えていない。霊鬼の類（たぐ）いならば、武具は必要ないと思ったのだ。

だが、いま彼らに襲いかかってきているのは死霊でもなければ物の怪でもない。ちゃんと血肉を備えている。

術を使って小動物を殺すことぐらい、一条にはたやすい。かつて、草の葉を用いてヒキガエルを潰してみせたこともある。しかし、今回は状況が違う。これだけの数だ、一匹一匹潰しても埒があかない。

まとめて消滅させるには、それなりの力と精神集中を必要とした。が、一条が集中しようとするたびに、真角が突拍子もない悲鳴を放つ。

「集中できん。叫ぶな」

「できるか、そんなこと！」

叫んでいないと神経がもたないのだろう。確かにこれほどの数に迫られたら、蛇が平気な者でもおかしくなってくる。

真角は死にものぐるいで経本を振り廻し、返り血にまみれている。一条自身は返り血など浴びていなかったが、手にした呪符はもうほとんど赤く染まり、墨書きされた文字は判別し難くなっていた。

そのせいだろう、切れ味も次第に鈍っていく。一条に斬り伏せられて床に落ちる蛇の中には、完全に切断されていないものもいる。傷から血を引きながら、足に喰らいつこうと這い寄ってくるものも……。

「ちくしょう！」

一条は口汚く罵って、近寄ってきた蛇の頭を踏み潰した。その表情には焦りが色濃く表れていた。

同じ頃、京では――

夕餉(ゆうげ)を終えて、夏樹がひとり自分の部屋でくつろいでいた。

弾くつもりで用意しておいた和琴(わごん)はかたわらに置きっぱなし。柱にもたれかかって、いっぱいになった腹を満足げに撫(な)でさする。

眠りに墜(お)ちるのに、たいした時間はかからなかった。やがて、幸せいっぱいの顔で規則正しい寝息をたて始める。そんな夏樹の真上に、柱に掛けられた薬玉(くすだま)がちょうどぶら下がっていた。

風もないのに、薬玉の五色(ごしき)の糸が揺れている。飾りの蓬(よもぎ)もささやかながら、さわさわと葉ずれの音を奏でている。

それでも夏樹は気づかず、平穏な眠りの世界にひたっていた。いまこのとき、頭上で薬玉が揺れていることも、丹波の山中で友人が苦境に陥っていることも知らない。

突然、薬玉を吊(つ)るしていた糸がぷつりと切れた。

落下した薬玉が夏樹の肩に当たったが、それでも彼は目醒(めざ)めない。満腹だったことと、最近宿直(とのい)が多かったことが、眠りの深さの原因だろう。

薬玉は夏樹の肩から膝の上に落ち、そこで止まった。糸も蓬ももう動かない。が、目には見えぬ変化があった。香りが一段と強くなったのだ。

薬玉の中に仕込まれた麝香（じゃこう）、沈香（じんこう）の芳香が、夏樹を優しく包みこむ。音には無反応だった彼もこれには反応し、まぶたの下でぴくぴくと目を動かした。

それでも目醒めるまでには至らない。代わりに、香りに誘（いざな）われて夢を見た。離れた場所にいる友人、一条の夢だ。

夢の中で、一条は真角といっしょだった。場所は、ほこりだらけの狭い庵。

ふたりは十重二十重（とえはたえ）に、無数の蛇に囲まれていた。どれもこれも、少年たちへの敵意を剝（む）き出しにしている。一匹一匹は小さいものの、この数ならば充分脅威になる。しかも、次から次へと湧いて出てきているのだ。

真角はもう半狂乱になって、近寄る蛇の頭をかたっぱしから潰している。一条も相当焦っている。かなり危ない状況なのは傍目（はため）にも明らかだ。

（だけど……）

いまごろ彼らは丹波権介のもとで歓待されているはず。こんな小さな庵にいるはずもない。だから、やはりこれは夢なんだと、夏樹は自分を納得させようとした。

だが、夢だとわかっていても、目の前で友人が苦戦していて平気でいられるはずがなかった。まるで自分自身もその場にいるかのごとく、動悸（どうき）が激しくなっていく。

真角はたて続けに悲鳴をあげている。彼を黙らせようと一条が怒鳴っている。事態が好転しそうな兆しはどこにも見当たらない。

（一条！）

呼びかけても聞こえないのか、反応はなかった。夏樹はもどかしさに身をよじった。あの場に実際に自分がいたなら、絶対に彼らを救ってやれるのに——

そう思った瞬間、腰にずしりと太刀（たち）の重みを感じた。見れば、母の形見の太刀がそこにある。さっきまでなかったはずのものが、なぜ突然、現れたのか。

不思議ではあったが、夏樹はそれ以上深くは考えようとはしなかった。どうせこれは夢。夢は不条理なものだ。そんなことより、早く一条たちを助けなくては。

このままだと、いずれ彼らは蛇の群れに食い殺されてしまう。

夏樹は太刀を鞘（さや）から抜き放った。手入れの行き届いた刃（やいば）が美しくきらめく。燈火を反射しているのではない。刃身自体が白い光を発しているのだ。

この太刀は母から伝わった曽祖父（そうそふ）ゆかりのもの。夏樹の曽祖父は政敵の企（たくら）みによって左遷され、都から遠く離れた大宰府（だざいふ）で没した。その恨み怒りゆえに、死してのち彼は雷神となる。いまなお都中の貴族を震えあがらせている、強力な怨霊（おんりょう）だ。

その名は菅原道真（すがわらのみちざね）という。

道真の想いがこめられているのだろう。いままで、この太刀は何度も白光を放ち、子孫である夏樹を救ってくれた。稲妻にも似た光をまとうとき、これは物の怪をも斬り伏せる妖刀となるのだ。

（これを使えば一条たちを助けられる）

夏樹は太刀を大きく振りかぶって、蛇の群れに駆け入ろうとした。自分自身が負傷することなど露ほども考えずに。どうせ夢だから、という気持ちがなかったとは言わないが、たとえ夢でも友人を見捨ててはおけなかった、とも言えよう。

どちらにしろ、必死になっていた夏樹は細かいことなど考えてはいなかった。うごめく爬虫類への嫌悪感を振り捨て、白く輝く刃を振り下ろそうとする。

（待ってろ！）

が、刃が蛇たちを斬り裂くことはなかった。見えない力に強く引かれ、夏樹は振りかぶったまま太刀を動かせなくなったのだ。

（太刀が——拒絶している？）

何がどうしたというのか。夢は不条理なものとはいえ、頼みにしていた太刀の反抗には驚かざるを得ない。そこへ焦りとおびえも加わって、夏樹はなおさら混乱する。

それだけでは済まなかった。太刀の切っ先が自然に向きを変えていく。そこに夏樹の意志は働いていない。太刀自身が意図して動いているとしか考えられない。

切っ先の動きが止まって指し示した場所は、庵の入り口——否、入り口の手前の床だった。夏樹の目がそこに留まった途端、太刀を引っぱっていた力は唐突に消える。夏樹はとまどいながら、太刀と床の一点とを交互にみつめた。

（ここなのか？）

問うたところで太刀からの応えはない。ただ、気のせいか、刀身の輝きがほんの少しやわらいだように見えた。

もはや四の五の言っていられない。急がなければならないと夏樹は思った。太刀の導きを信じて、柄を両手で握りしめる。蛇の群れのただ中ではなく、示された床の一点をめがけ、切っ先を突き立てる。

その瞬間、薄らぎかけた刀身の光が再びまばゆく輝いた。あまりに強い光に、夏樹は本能的に目を閉じる。それでも光はまぶたを貫き、頭の中で炸裂する。

打ちおろした太刀のほうはやすやすと床板を砕き、その下にあったものをまっすぐに貫いていた。

一条は呪符一枚で果敢に敵に立ち向かっていたが、さすがに疲れが出始めていた。跳びかかってきた蛇を斬り損ね、危うく顔を嚙まれそうになる。間一髪でよけ、着地したところを踏みつぶしてやる。蛇は血を吐いてあっけなく絶命した。だが、すぐまた次が迫ってくる。

さすがに一条も息が荒くなってきた。額には汗の玉がぷつぷつと浮いている。

真角のほうはもっとそれが顕著だった。なにしろ、大嫌いな蛇を大量に相手にしているのだ。肩で息をし、水干の背中はぐっしょりと汗に濡れている。

こうなったら、集中できようとできまいと、いちかばちかで術を仕かけてみるしかあるまい――と、一条は判じた。失敗して倒れるのも、攻撃をかわしきれなくなって疲れ果て倒れるのも、結局は同じことだ。やるだけやった分、前者のほうがまだいい、と。

覚悟を決めた一条は血まみれの呪符を捨てた。空いた両手で印を結ぶ。目をつぶり、精神を研ぎ澄まそうとする。

が、やはりどうしても、真角の悲鳴が気にかかった。

たとえば、ここにいるのが夏樹だったら、何も言わずともこちらが苦戦しているのを察し、術に集中する間、援護にまわってくれるだろう。なのに、こいつときたら。

真角に腹を立てると同時に、一条はこんなことぐらいで集中できない自分自身が歯がゆくなった。

「うるさい、馬鹿！」

真角か、それとも未熟な自分に対してなのか。一条が大声で怒鳴ったそのとき――まばゆい光が庵内に炸裂した。

何もかもが光に呑まれ、すぐ横にいるはずの真角の輪郭すら見えなくなる。凶悪な蛇たちも同様、ほこりだらけの屏風も汚れた壁板もだ。

自分がどこにいるのかもわからなくなる。光の中、蛇たちが恐れおののくようにのたうっている気配がしたが、やがてそれすらも知覚できなくなる。あとは光だけ――なのに、白一色に染め抜かれた一条の視界に、人影がひとつ、はっきりと浮かびあがった。夏樹だ。

緑色の狩衣に立烏帽子、表情は真剣そのもの。両手で握りしめているのは、彼が母親の形見だと言っていた太刀だ。

同時にあれは雷神・菅原道真公の太刀でもある。周囲を白色に染めあげる光の源も、その太刀だった。

ここにいるはずのない友がまばゆい光の中心に立ち、手にした太刀を床板に突き立てている。その姿の他は何も見えない。堅く結ばれた夏樹の唇、真剣なまなざし、太刀を握った腕の輪郭、視認できるのはそれだけだ。

光はその力を一気に強めた。もはや目をあけていられない。太刀を握った友の姿も光に呑みこまれて、一条の視界は完全に白で染めあげられる。

「……馬鹿野郎」

一条は無意識のうちに小さくつぶやいていた。突然、断りもなく介入してきた友に向けたつぶやきだ。

視覚も意識も根こそぎ光に奪われ、無防備に身をさらすしかない屈辱的な時間は、ほんの数瞬でしかなかった。光は発生したときと同じく、ふいに消え失せてしまう。

一条は光の残映で痛みすら覚える目を無理やりこじあけた。そこにはもう、友の姿はない。なかばわかっていたことだが。驚いたのは、あのたくさんの蛇が一匹残らず消えていたことだった。

「なんだ……？」

傍らの真角が呆然とつぶやく。

「どうしたんだ？　あの蛇は夢だったのか？」

だが、あれが夢でも幻でもなかった証拠は数多く遺されていた。床には血の痕が点々とついているし、一条が捨てた呪符や真角が手にした厚い経本も赤く汚れている。蛇の肉を斬り裂いた感触は手に残り、頭を踏み潰した感触も足裏に残っている。

また、光が満ちる前とは決定的に違っていることがひとつあった。入り口近くの床板が打ち砕かれていたのだ。

一条の記憶では、あの位置には夏樹が立ち、床板に剣を突き刺していた。確証が欲しくて、一条はそこへ近寄ってみる。

「おい、気をつけろよ」

そう言いながら、真角もあとに続いた。ふたりして床板の穴を覗きこみ、彼らは同時に息を呑んだ。

砕かれた床板の下には、甕がひとつ隠されていた。その甕を一匹の小ぶりな蛇が抱きこんでいたのだ。

群れとなって迫ってきたあの蛇と同じ、黄色がかった鱗に黄金の目をしている。しかし、そこに生気はない。すでにことされている。

蛇は体中のいたるところに細かい傷を受けていたものの、致命傷はそれではなかった。頭に受けた深い刀傷だ。床板を破った何か――おそらく、太刀――は、その真下にいた蛇の頭を打ち砕いたのである。

それでも太刀の勢いはとどまらなかったと見え、甕は砕け、破片を周囲に散らばらせていた。割れ目から垣間見えるのは黄金色の輝きだ。

一条は用心しながら蛇の死骸を取り除き、甕を拾いあげた。中身を手に取り、明かりに近づければ、掌の上で細かな粒がきらきらと輝いていた。

「砂金だ」

真角は目を丸くし、砂金に顔を近づけた。においでわかるはずもないのに鼻を動かし、

「本当だ……」

とため息をつく。

「なんだってこんなものが床下に？」

「誰かが置かなければ、こんなところにあるはずがないだろ。この庵の主は都での名声を捨てて、ここでひたすら仏道修行に励んでいたそうだが……」

一条は皮肉っぽい笑みを片頬に浮かべた。

「名声は捨てられても富は捨てられなかったか」

「じゃあ、この蛇は」

もう死んでいるとわかっていても、蛇を指差すのも不快そうにして真角が尋ねる。

「どうして、砂金の入った甕なんかにしがみついてたんだ？」

「そうだな。知りたければ陰陽師になるんだな、と言いたいところだが教えてやろうか」

その言いかたに真角が反発しないはずがない。むっとして強く言い返す。

「けっこうだよ。どうしても知りたいわけじゃないさ」

「強がるなよ。たぶん、この蛇は、死んだこの庵の主だな」

真角は驚きを露わにした。

「じゃあ、この蛇が坊さんに化けていたっていうのか？　父上の話じゃ、徳が高くて信仰の篤い人物だったって……」

一条は真面目な顔で首を横に振った。

「まさか、こいつが人間に化けたとは言わないさ。これはまだ子供の蛇だ。化けるには早すぎる」

「じゃあ、どういうことだ？」

「転生だな。死んだあとも、床下に遺した金が心配で心配でたまらず、蛇になり金を守っていた。庵に来る者すべて、この金を奪いに来たのだと思いこみ、牙を剝いたんだろう」

真角は蛇の死体を一瞥し、大袈裟に肩をすくめた。

「ここに砂金があるなんて知らなきゃ盗りようがないじゃないか。お偉い求道者かと思いきや、実は欲に目がくらんだ凡人だったってわけか」

その口調は辛辣だ。よりにもよって大嫌いな蛇がからんでいるのだ、何よりも不快さが先に立つのだろう。

「そう言うな。恵まれた生活を捨ててこんなところで暮らすなんて、普通ならできないぞ。この金だって最初は田畑の開墾とか河川の灌漑とかに役立てるつもりで持ってきたのかもしれないし……」

「じゃあ、さっさとそういうふうに使えばよかったじゃないか」

「何に使ったらいちばんいいのか考えているうちに、だんだん惜しくなってきたのかもしれないな」

「蛇なんかに転生するほうが、金をなくすよりも損なように思えるけどね」

まあなとつぶやきつつ、砂金を甕に戻すと、一条はなんのためらいもなく蛇の死骸を拾いあげた。

掌にのせると、真角は憎まれ口を叩くのをやめ、一条と蛇から少しばかり身を遠ざけた。

小蛇の姿はなんとも弱々しいものに映った。だが、確かにこれが敵意を剝き出しにして襲ってきたのだ。

一条は蛇の全身の傷をくまなく調べ、

「この細かい傷はおれたちがつけたやつだな」

と断定する。

「あの蛇たちは全部、これの分身だったんだ。本体は甕の上でしっかり金にしがみついていた……それだけ強く執着してたってわけだ。げに恐ろしき執心だな」

「執心だろうとなんだろうと、あんなものにしょっちゅう立ち向かっていかなきゃならない陰陽師なんて、絶対にごめんだな」

すべてそういう結論に結びつけ、決意を強調する。しかし、真角はふと表情を変えて小さな声で付け加えた。

「助けてくれたことは……感謝する」

「助けた?」

「あの光。あれがなかったら、きっと死んでた。それも大嫌いな蛇に殺されて。だから」

そのあとに続いた言葉はほとんど聞き取れない。

きっと真角はあの光の中に立っていた人物を見ていないのだろう。だから、蛇たちは一条の施した術にやられたと思いこんでいるのだ。

一条は何も言わない。真角の誤解も解かない。

もう一度、蛇の死骸を見下ろす。あれだけ奮闘してこれだけの傷しかつけられなかったのも相手が本体ではなかったからかもしれない。このことに気づかぬままだったら、自分たちはやがて疲れ果てて倒れていただろう。

落ち着いて事にあたれば蛇たちの正体を見抜けたかもしれないのに、そうできなかったのが無性に腹立たしかった。真角の悲鳴がうるさくて集中できなかったのは事実だが、それも言い訳に聞こえてしまう。

しかし、一条はそんな思いを表に出さず、代わりに、誰にも聞こえないよう秘(ひそ)かに、少し怒ったようにつぶやいた。

「あいつめ……」


そのあいつは、自分の部屋でぼんやりと柱にもたれかかっていた。

急に眠りから醒めたせいで、まだ頭がぼうっとしている。身体もまだ動かない。何もする気が起きない。ただ、さっきまで見ていた夢を反芻(はんすう)している。

(一条が出てきて……真角もいて……。それから……それから、どうしたっけ)

目醒めた瞬間は何もかも鮮明におぼえていたはず。しかし、思い出そうとすればするほど記憶は曖昧になっていく。それをとどめるすべはない。

(太刀が出てきた……。光が見えていたから、たぶんあれはぼくの太刀だ……と思う)

鍵になりそうなものを拾い集めても、しょせんは断片。間を繋(つな)ぐものは時間とともに消えていく。もう戻らない。

結局、一条と真角と太刀が出てきた夢という、非常にあやふやな形でしかとどめることはできなかった。すごく残念な気がする。が、いまさらどうしようもない。

消えた夢に固執するのをやめ、夏樹はこわばった身体をゆっくりと動かし起きあがろうとした。そのときになって初めて、膝の上の薬玉に気づく。

柱を見上げると切れた糸がぶら下がっているだけだ。一条の出てくる夢を見た直後だけに、夏樹はなんとなく不安になった。

「まさか、一条の身に何か……」

言いかけ、声に出した言葉は力を持つことを思い出し、そこでやめる。けれども、一度生じた不安はなかなか消えてくれない。

「ま、あおえが雑に作った薬玉だから糸が切れたんだよ。きっと」

今度はわざと明るい調子で口にする。自分にそう思いこませ、不安をまぎらわすために。

一条はきっとすぐに帰ってくる。

まだ修行中の身ながら彼が陰陽師としての才能に秀でている点は、夏樹も熟知している。よほど相手が強いか、彼が油断するかしない限り、大抵のことは切り抜けていけるはずだ。

夏樹は立ちあがると、柱にぶら下がったままの糸と薬玉を結わえつけた。

（たかだか糸が切れただけのことじゃないか）

そう考えると、心配性の自分がおかしくなってくる。

（これじゃ桂を笑えないな……）

微かに苦笑する。しかし、自分が過敏になっている理由もよくわかっていた。昨夜の小さな客人のせいだ。

身近な怪異を相談できるのは、やはり一条しかいない。そう思ったからこそ、まだ誰にも告げてはいなかった。桂に話しても心配させるだけだし、深雪なら「そら見たことか」と笑うはずだ。けれども、こうやって胸に閉じこめているから、余計に落ち着かないのかもしれない。

(なんだって、あいつのいないときに限ってこういうことが起こるんだ?)

救いがあるとすれば、あまり怖くなかったことだろう。攻撃はしてきたが、虫刺されほども痛くはなかった。身の丈が小さいだけで、鬼のように奇怪でも醜悪でもなかった。

それでも、やはり説明がつかないと心地悪い。祓いが必要ならばぜひにもやっておきたい。自分はともかく、ここには老いた乳母もいる。彼女や家人たちに害が及んでからでは遅いのだ。

あれこれ考えていると、ふいに庭に面した遣戸ががたがたと揺れた。外から誰かが押し入ろうとしているかのように。

(まさか)

あの小男も同じ遣戸から部屋に入ってきた。ひょっとして今夜も——?

風の仕業だと思いたかった。あるいは単なる家鳴り、もしくは気のせいでもいい。

(昨夜の事件のせいで、きっとなんでもないことにも過剰に反応してるんだ。こんなにおびえるなんて変だよな。小さな子供でもあるまいし)

一生懸命、言い繕おうとする。しかし、遣戸はまた揺れた。さっきよりも激しく、戸の真ん中は外から押されてたわんでいる。さすがに風だの気のせいだのでは片づけられない。

外の様子を見るべきだろうか、それとも逃げるべきかと、迷う暇さえ与えられなかった。ばきっと音をたてて、戸が内側に倒れてきたのだ。

たちまち、侵入者がその姿を現した。

——夏樹はもう少しで安堵のため息をつきそうになった。入り口に立ってこちらを見ていたのは馬頭鬼だったのだ。

「どうしたんだ、あお……」

しかし、それはあおえではなかった。夏樹もその事実にハッと気づく。

ぱっと見はよく似ている。身体つきはがっしりとしているし、淡い色合いの毛並みもさして変わらない。腰布と装身具だけの出でたちは、初めて出逢ったときのあおえと同じだ。

けれども、彼はこんな悪意に満ちた表情は絶対にしない。

しかも、馬頭鬼の後ろにはもう一体、鬼が控えていた。こちらも筋骨たくましい身体に腰布と派手な装身具だけをまとっている。違うのは、首から上が牛だということ。牛頭鬼と馬頭鬼が連れ立って現れたのである。

瞬間、夏樹が考えたのは、あおえのお迎えの可能性だった。

（あいつが冥府を追放されたのが去年の秋。そろそろ帰還のお許しが出てもいい頃なのかもしれない。そうだ、きっと隣とうちを間違えて……）

しかし、馬頭鬼が威嚇するように低い声でうなったので、夏樹はその可能性をすぐに捨てる。

こんな迎えがいるはずなかった。馬頭鬼は無数の突起がついた太い鉄棒を、牛頭鬼は三つ叉の鉾を携えている。あおえの迎えならば、どうしてそんな武具を手にしてくる必要があるのか？

となると、冥府からの襲撃か。しかし、夏樹にはそのようなものを受ける理由がそもそも思い浮かばなかった。

（じゃあ、これは幻か？　もしかして、自分はまだ夢を見ている？）

試しに頬をつねってみると、痛い。夢ではない証拠だった。

（でも、昨日の怪異みたいにほとんど害はないかも）

（あの筋肉や怖い顔が見た目通りとは限らないさ。あおえみたいな例だってあるんだ。武器を持ってるからって、好戦的だとも限らな……）

危機を回避したいと願うあまり、夏樹の思考は安易な方向へと流れていく。

なんとか自分を落ち着かせようとするも、馬頭鬼が部屋の中に一歩踏みこんだだけで、そんな楽観的な考えはすべて吹き飛んでしまった。

床が重く軋んだのだ。昨日の小男の怪異とはまるで違う。

きっと腕力も相応だろう。小男がぺらぺらの太刀で攻撃したように、牛頭鬼・馬頭鬼がそのごつい武具で襲いかかってきたら、ただでは済むまい。

血まみれになった自分の死体が、夏樹の脳裏に鮮明に浮かんだ。その不吉な想像を裏づけるように、馬頭鬼がまたうなった。厚い唇がめくれて頑丈そうな歯が剝き出しになる。鬼たちの血走った目に浮かぶのは、まぎれもない殺意だ。

夏樹はあげかけた悲鳴を寸前で押しとどめた。

自分が騒げば、桂や他の家人たちが駆けつけてくる。そうすれば、必然的に彼らを巻きこんでしまう。それだけはどうしても避けなくては。

（ただでさえ、隣に陰陽師が住んでいて式神がうろうろしてるからって、やめたがってる者が多いのに……）

ついそんなことを考えてしまう。だが、おかげで度胸がついた。

夏樹は窓に駆け寄ると、蔀戸を押しあげてそこから外へと飛び出した。簀子縁をよぎって勾欄をまたぎ、裸足で庭に出る。あとはとにかく全速力で走る。

振り返らずとも、牛頭馬頭が追いかけてくるのがわかった。彼らの足音は地鳴りのようだ。捕まれば問答無用で殺されてしまうだろうと、夏樹は肌で感じ取っていた。

ここ最近の雨で湿った土を跳ねあげ、月明かりだけを頼りにひたすら走る。目指すは隣の邸。そこに一条はいないと承知の上でだ。

けれども、あおえがいる。怖がりで普段はまったく頼りにならない彼も、まさか自分と同じ馬頭鬼や牛頭鬼におびえたりはしまい。腕力でも負けてはいないはずだ。

それに、隣の邸まで誘い出して闘えば、うちから被害を出さなくて済む。家人に騒がれ、怖がられ、やめられることもあるまい。

そこまで考えつつ、夏樹は腰に手をやった。そこに太刀があるつもりで。

しかし、ない。走りながら、夏樹はげっと声をあげた。

ついさっきまで太刀を持った夢を見ていた。そのせいで、自分は腰に太刀を帯びているものと思いこんでいたのだ。実際はこの通り、身に寸鉄も帯びていない。

部屋に取りに戻れるはずがなかった。後ろからとんでもない速さで鬼が追いかけてきているのだ。このまま前に走り続けるしかない。

自棄になった夏樹は、境界の築地塀を越えるや否や大声で叫んだ。

「あおえ！　あおえ！」

自分自身、うたた寝をしていたせいで時間の感覚がないが、月の高さからすればまだそれほど夜はふけていない。きっとあおえも起きているはずだと信じて、いや、そう願って、あおえの名を連呼する。

夏樹の必死の思いが天に通じたのだろうか。閉ざされていた妻戸が少しあいて、馬が顔を覗かせた。後ろにいるような狂暴な馬づらではない。くりっとした目は優しいというか間が抜けてるというか、とにかく後ろの殺気をみなぎらせた馬とは全然違う。一瞬とはいえどうして両馬を見間違えたのか、自分でも不思議なくらいだ。

「あおえええっ」

夏樹は喉も裂けよとばかりに叫んだ。

「こいつらを、どうにかしてくれ！」

言われて、やっとあおえは牛頭鬼と馬頭鬼に気づいた。驚きに目を瞠り、わなわなと震え出す。

「ああ、なんてことでしょう……。ついに、ついにこの日が来たんですねっ」

両手を握りしめ、あおえはわけのわからないことを言い出した。その瞳にはきらきらと星が二つ、三つ、浮かんでいる。

「そろそろじゃないかと思っていたんですよ。閻羅王さまがそういつまでも、こんな優秀な人材、いや馬材を現世にとどめ置かれるはずがないって。そりゃあ正直言って、不安になったときも幾度かありましたよ。でも、でも……」

瞳の星がいっそう明るく輝く。鼻をすすりあげ、

「信じていてよかった……」

あおえが幸福に酔いしれている間に、夏樹はどうにか、邸の簀子縁に到達した。勾欄にしがみつき、陶酔中のあおえを怒鳴りつける。

「馬鹿、あいつらをよく見てみろ。あんな凶悪な顔したお迎えがいるものか」

あおえはまるで聞いてはいなかった。涙で曇ったその目には、鬼たちが発する殺気も

手にした物騒な武器も見えていない。

感極まったあおえは、夏樹の制止に耳も貸さず、庭へと駆けおりた。両手をいっぱいに広げ、涙ながらに馬頭鬼と牛頭鬼へ向かい突進していく。

「ずうっとずうっと待っていましたよぉぉぉぉ」

先頭の馬頭鬼にがっしと抱きつく。夏樹は惨劇を想像して咄嗟に顔を背けた。

しかし、悲鳴はあがらない。代わりに聞こえたのは、あおえの困惑の声だった。

「ええっ？」

やっと気づいてくれたかと夏樹は視線を戻した。あの凶悪そうな馬頭鬼はあおえに抱きすくめられている。身の丈も同じ、やはり顔も体格もよく似ていて、兄弟が抱擁し合っているようにも見えた。

が、それはつかの間のことだった。唐突に、片方の馬頭鬼の身体がくしゃっと内側に潰れたのだ。

凶悪づらの馬頭鬼のほうだった。あれほど屈強そうだったのに、あおえの腕に簡単に押し潰されていく。まるで紙か布でできていたかのように皺が寄り、くしゃくしゃになってしまう。

あおえもこれには仰天して手を放した。しかし、もう遅く、馬頭鬼は自力で立っていられなくなり地に倒れた。あの力強さ、おそろしさはもうどこにも見あたらない。

ひるんだのか、牛頭鬼が後ずさる。それに気づいたあおえは、

「あ、待ってください！」

と切羽詰まった感じで叫んだ。せっかくのお迎えを逃がしてなるものかと、今度は牛頭鬼に抱きついていく。

牛頭鬼は三つ叉の鉾を振りあげたが、攻撃する間もなくあおえに抱きすくめられ、馬頭鬼と同じようにくしゃくしゃと潰れていく。

あおえは悲惨な声をあげた。夏樹はぺらぺらの身体になって倒れた牛頭馬頭におそるおそる近づこうとした。が、瞬く間に二匹の鬼は消えてしまう。あとには何も残らない。

「昨日の小男と同じだ……」

正確には、そうでもない。小男のように草の汁を残してはいないのだから。

では、うたた寝の夢の続きだったのか？　いや、今度は夢でなかったことを証言してくれる者がいる。

その証人、あおえは地に両手をついて号泣していた。尽きることのない彼の涙は、五月雨（さみだれ）のように庭の雑草を濡らしていく。

「どうして？　どうして？」

せっかくのお迎えが目の前で消えてしまったのだ。いくら声を涸（か）らして泣いたところで、喪失感は埋められまい。夏樹はそれでも懸命に慰めの言葉を探そうとした。

「なあ、あおえ……」

「ああ、わたしはやっぱりここで一条さんにいじめられ、雑用係としてこき使われながら、花の盛りも虚(むな)しく朽ちていくしかないんですか？」

「そう悲観せずとも……」

「かわいい水子(みずこ)たちと賽(さい)の河原(かわら)で遊ぶことももうできないんですか？　そんなのあんまりですぅ、閻羅王さまぁぁぁ」

　こちらの言葉にまるで耳を貸そうとしない。夏樹は説得をあきらめ、代わりにあおえの頭に拳を打ちおろしてみた。一条ならこうやるだろうなと考えて。馬頭鬼の頭蓋骨は気持ちのよい音をたてた。

「何するんですか！」

　肩を落としていたあおえが、いきなり飛び起きて夏樹に迫る。

「ひどい、ひどい、ひどすぎます。一条さんならともかく、夏樹さんまで傷心のわたしにこんなことをするなんてぇぇ」

「落ち着けよ、あおえ」

　迫力に負けそうになりながらも、夏樹はなんとかその場に踏みとどまった。

「あんなお迎えがあるか？　あいつらは最初、ぼくのところに来たんだぞ。それも、ごつい武具を持参で、明らかに殺意を感じさせてた。おまえだって見たじゃないか、ぼくが連中に追いかけられてこっちに逃げこんだのを。本当に冥府からの迎えだったら、まっすぐこの家に来るはずだし、ぼくを追いかけまわす必要なんてどこにもないはずだろ？」

「そういえば……」

あおえは涙と鼻水で汚れた顔をやっと遠ざけてくれた。

「あんな顔、冥府じゃ見たことありませんでした」

「いまごろ気づくなよ、そんな大事なことに」

「だって、わたしと同じ馬頭鬼でしょ。それに牛頭鬼でしょ。これは間違いなく、閻羅王さまからのお許しを伝えに来た使者だって思ったんですよ。でも、違ったんですね……」

新たな哀しみがこみあげてきたのか、あおえは再び大粒の涙をこぼした。

「ああ……やっぱり、わたしは特大の不幸の星のもとに生まれ、哀しい宿命を背負った悲劇の馬頭鬼なのですね……」

水干の袖を嚙み、くくくと悲嘆の涙にくれる。夏樹は同情半分、もう一発殴りたい気分が半分だったが後者を抑え、とりあえず、あおえの背中を優しく撫でてやった。

「そう泣くなよ。そのうちきっといいことがあるよ」

なんの確証もない安っぽい言葉だと自覚はあった。しかし、他にどう言っていいものかわからない。夏樹自身も、心がざわめくのを抑えがたかったのだ。

昨夜に続き、今夜も奇怪なことが起こった。もはやこれは夢だとか、偶然の一致だとかでは済まされない気がする。

(身におぼえはないけど、どこかで誰かに恨まれているのかも……)

正体不明の悪意を感じ、夏樹は背筋の凍る思いを噛みしめながら、五月の宵闇をみつめた。その先には何も見えはしなかったものの、だからこそ薄気味の悪さは尽きなかった。

巫女あやこの家で、またもや男の悲鳴が響き渡った。

声の主は弟の四郎だ。彼は壁に掛けた地獄絵図の前で、驚愕に目を大きく見開いていた。

「どういうことだ⁉ いったいどうしてこうなるんだ⁉」

寺から盗んできた絵図が、指一本触れてもいないのにくしゃくしゃになっていく。縦横無尽に皺が走った結果、古い生地は持ちこたえられなくなって裂け始めた。

四郎の後ろで事の成り行きを見守っていたあやこが、前に出る。だが、彼女にも手の打ちようがない。

いるだけだ。

「やれ、もったいない、もったいない」

そうくり返しながら、危険を冒して手に入れた地獄絵図がだめになっていくのを見て
いるだけだ。

震える四郎を、兄の三郎が後ろから支えた。

「大丈夫か、落ち着け。どこか痛くはないか？」

「いや、それはないが……」

兄のときとはそこが違った。それでも、四郎はすっかり取り乱している。

「母者、兄者、いったいどうしてこうなったんだ？」

兄は答えることができない。しかし、母はくやしげに断言した。

「返されたのじゃよ、一度ならず二度までも」

壁に下がった地獄絵図は、まるで長い年月放置されたかのようにぼろぼろになってい
た。少し前まではあざやかだった火焔（かえん）の色もすっかり褪（あ）せ、地獄の様相そのものが迫力
を失ってしまっている。もとあった寺の者がこれを見ても、うちから盗み出されたもの
だと断言することはできまい。

「もったいない……。あとで、どこぞの寺に売りつけようかと思うておったに」

あやこがあくどいことをつぶやいて舌打ちする。そこまで気をまわしていなかった息
子たちは、驚いて母親の顔をみつめた。

「なんじゃよ、そんな顔をして。それぐらいのことも考えておらなんだかい？　だから、おまえたちはだめなんじゃよ。こんなふうに術を返されるのも、その年になってまだ独り身なのも、おまえたちがだらしないからじゃないのか？」

あんまりな台詞に兄はうつむき、弟は逆に毅然と顔を上げる。

「母者、おれが独り身なのはだらしないからかもしれないが、兄者は違うだろうが。前に兄者が連れてきた女をいびっていびって追い出したのは母者だろうに」

「ふん、わしを責めるのはお門違いじゃよ」

憎い相手を懲らしめようと呪いをかけていたのが、いつの間にやら親子喧嘩になる。が、口ではこの母にかなうわけがない。

「わしがいくらいびろうと、三郎がちゃんとかばってやっていたら、なんのこともなかったのよ。あの女が愛想をつかしたのは、わしじゃなくて三郎のほうだわい」

気の毒に三郎は立つ瀬がなく、うつむいた顔を羞恥で真っ赤に染めた。母の指摘通りだから反論もできない。

「不甲斐ない息子たちじゃ。三郎は気弱すぎ、四郎はだらしなさすぎるわ。あの賀茂の権博士本人ならいざ知らず、たかだか弟子にこうまで術を返されてしまうとは。なにも殺せとは言っとらん。脅かすだけなのに、その程度のこともようようできぬか。情けなくて情けなくて涙が出るわ」

「涙なんぞ、出てないくせに……」

四郎が小声でこぼすと、あやこは歯を剝き出し、

「おおよ。泣いてもどうにもならぬからな」

不敵な台詞を吐いて、ニッと笑った。相手の手強(てごわ)さを知り、却(かえ)って闘志が燃えてきたのだ。こうなると誰も、いや、もとから誰も止められない。

「もはや、おまえたちには任せておけぬ。やはり、ここはわしが直接、出張(でば)るしかあるまいて。待っておれよ、こわっぱ！」

あやこは気持ちよさそうに大見得(おおみえ)を切った。

だったら最初からそうしろよと言いたいのを、息子たちはぐっとこらえる。横暴な母にほとんど抵抗できない時点で、彼らは不幸の星のもとに生まれたあおえのお仲間でもあった。

第四章　とどめの災難

怪しい馬頭鬼(めずき)・牛頭鬼(ごずき)の件を収めたのち、夏樹は邸(やしき)に戻って早々に床についた。

しかし、眠れない。

二度あることは三度あるの言葉通り、三度目の怪異があるような気がしてならなかったのだ。おかげで、ほんの少しの物音にも飛び起きる始末。どうにか眠りにつくことはできたものの、すぐに朝になり、桂に叩(たた)き起こされてしまう。

ろくに眠れてもいないのに、すっきりさわやかに起きられるはずがなく、二度寝をした挙げ句、参内(さんだい)には大遅刻。

それでもまだ眠気はとれなかった。あくびを嚙(か)み殺しつつ、寝ぼけまなこでなんとか公務をこなす。やがて、夕方になって解放され、まず向かったのは自宅ではなく隣の邸だった。

「はいはい、いらっしゃいませ。どなたですか？」

昨夜(ゆうべ)、あれだけ大泣きしていたくせに、妙に愛想よく応対に出てきたあおえに夏樹は

「いいのか、そんなに堂々と出てきても」

　あおえは口もとに手をあて、ふふっと笑った。

「いいんですよ。どうせ、一条さんを訪ねにくるひとなんて滅多にいませんから。夏樹さんか、陰陽寮のひとか、仕事の依頼人ぐらいのもんですよ」

　夏樹と賀茂の権博士なら、あおえのことは知っている。陰陽寮のその他の者や仕事の依頼人ならば、あおえが出てきても一条の式神と思うだろう。少なくともここにいれば、人間から凶悪な鬼とみなされて迫害されることもない。

「そうか。いや、あれから変わったことはないかと気になっただけで……」

「まあ、そうだったんですね。さあさ、そんなところに立っていないで、どうぞどうぞ。変わったことはないけれど、わたしもひとりで退屈していたんですよ」

　あるじの留守も気にせず、夏樹を勝手に家にあげるや、あおえはかいがいしく白湯と果物を運んできた。まるで自分の家にいて桂に世話を焼いてもらっているみたいだと、夏樹は思った。ただし、あおえはちゃっかりと自身の分の菓子も運んできていたが。

「落ちこんでいるかと思ったのに、なんだかずいぶん元気そうだな」

「いつまでも、くよくよしちゃいられませんから。そりゃあ、昨日の夜は悲しくて枕を涙に濡らしてしまいましたけど」

思い出すとつらくなるのか、あおえの表情に少しだけ翳りがさす。だが、それもすぐに消えた。

「あの牛頭馬頭は本物のお迎えじゃなかったんだから、あれこれ悔やむことはないって思ったんです。気長に待っていれば、いつかは本物が来るかもしれませんしね。一条さんにこき使われるのも修行のひとつだと思って耐えますよ。だから、夏樹さんもそんなに心配しないでくださいな」

つらくないはずがなかろうに、あおえは気丈なことを言う。彼の日常を知っているだけに、夏樹もついほろりときてしまった。

「迎え、早く来るといいな」

あおえは無駄に長い睫毛をぱちぱちとしばたたき、しんみりとつぶやいた。

「そう言ってくれるのは夏樹さんだけです」

いや、一条もきっと内心では……と言いそうになったが自信が持てず、夏樹はおもむろに白湯をすすって話を変えた。

「それで、もう昨夜のこと気にしてないんだったら訊きたいんだけど」

「何をです？」

「あの馬頭鬼と牛頭鬼、なんだと思う？」

夏樹の問いに、あおえは腕組みをして考えこむ。

「なんなんでしょうねえ……。本物の鬼じゃないことは確かでしたけど」

あおえの言うように、本物の鬼ならばあんな簡単にやられはしなかったろうし、夏樹も無事では済まなかったろう。そう考えると安堵(あんど)していいのだろうが、釈然とはしない。

「抱きついたときの感触ってどうだった？」

「そうですねえ……」

あおえは腕組みを解(ほど)き、その腕でおのれ自身をぎゅっと抱きしめた。

「それが変なんですよ。まるで几帳(きちょう)に抱きついたみたいに手応えがなくて。薄っぺらで軽くて、本当に布でできてるみたいでしたね」

「一条の紙人形みたいな感じ？」

「紙人形に抱きついたことなんてないですからねえ。それにあの牛頭馬頭が紙人形だったら、あとにぺらりと紙が残るんじゃありません？」

「そうだよなぁ……」

夏樹はため息をつき、白湯をもうひと口すすった。あおえも器を手に取り、ずずっと白湯を飲む。

「実は、妙なことがあったのは何も昨日だけじゃないんだ」

「昨日以外にもあんなのに追いかけられてたんですか？　よく無事でしたね」

「牛頭鬼だの馬頭鬼だのに追われたのは昨日が初めてさ。そうじゃなくて……」

おとといの晩の小男のことをかいつまんで説明する。自分でも間の抜けた話だなと思いながら。

あおえはこんな妙な話でも笑ったり疑ったりせずに聞いてくれた。彼自体、充分妙な存在だったからかもしれない。

「確かに、二晩もそんな怪事が続くと気持ち悪くもなりますねえ」

「そうだろ？　しかもそれが、蔵人（くろうど）の同僚たちから聞いた怪談話によく似ているんだよ」

方違え（かたたが）で移った邸で馬に乗った五寸ほどの五位が出た話をすると、あおえは大きくうなずいた。

「本当だ。よく似てますね」

「だろう？　なんだか呪われてるみたいで気持ち悪くて。あおえはどう思う？　率直なところを聞かせてほしいんだけど」

「と言われましても、一条さんならともかく、わたしじゃ……。にしても、一条さんの留守に限って、夏樹さんの家で怪異が始まるなんて……」

何か気になることでもあるのか、あおえはうーんとうなって黙りこんでしまった。夏樹はしばらく待っていたが、やがて痺（しび）れを切らし、

「あ、お、え」

「あ、はいはい。なんですか?」

「だから、どうしたらいいと思う?」

「そうですねえ。わたしの専門は死霊関係ですから、物の怪がらみは正直、わかりかねると言いますか……」

　死霊も物の怪も似たようなモノに夏樹には思えるが、元・獄卒のあおえはそのあたりをきっちりと区別した。

「まあ、二度までは偶然も起こり得ますよ。ここはあまり気にせずに」

「そうできたら苦労はしないよ」

「そうですよね。気にしないわけにもいきませんよね。でも、わたしじゃ、これといった対処法も思い浮かびませんしねえ」

　急に早口になって、自分には何もできないと強調する。少し変だと夏樹も感じなくはなかったが、物の怪を怖がっているんだろうなと解釈して深くは考えなかった。

「やっぱり、一条さんが戻ってきてから改めて相談してはどうです?」

　あおえに頼るよりも、そのほうがずっとましなことはわかりきっていた。

「あいつ、いつ帰ってくるんだ?」

「さあ、なんとも言えませんけれど、丹波ですから、すぐ帰ってきますよ」

「そうか。しかし、二度あることは三度あるともいうから、一条の帰館より先に三度が起きたらと気が気じゃないよ」

「だったら、一条さんのお師匠さんに相談したらどうです？　知らないひとじゃないんだし、同じ陰陽師だし、なんとかしてくれるんじゃないですか？」

「やっぱり、そう思うよな」

　夏樹も賀茂の権博士に頼ることを考え、今日、公務の合間に陰陽寮を覗いてみた。けれども、折悪しく権博士は休みをとっていた。理由は風病だという。陰陽師でも風病をひくんだなと夏樹は妙に感心してしまった。

　こんなときに知り合いの陰陽師ふたりともに逢えないとは、本当に運が悪い。深雪が言っていた嫌味がどんどん現実になっていくようだった。

　権博士と逢えなかったことを告げるとあおえは、

「じゃあ、ご自宅のほうへ行かれてみれば？　お見舞いって形で行って、さりげなぁく話を持ちかけてみたらどうですかねえ」

「いいのかな。権博士とは一条ほど親しくしているわけでもないし、自宅にまで押しかけるのは気がひけるよ」

「でも、状況が状況ですから」

「まあな。今夜もまた何かが起こったら、たまったものじゃないしな……」

　おとといの小男、昨日の牛頭馬頭といったふうに、迫力も危険度も確実に増していた。

今夜も、牛頭馬頭以上のものが出てきたら？　考えただけでも、夏樹はぞっとした。

「じゃあ、これから支度して行ってみるか」

「そうしたほうがいいと思いますよ」

「うん、どうもありがとう。今日はごちそうさま。ちょっと顔見るだけのつもりがあがりこんじゃって、ずいぶん世話をかけたな」

「いえいえ、またいつでもどうぞ」

立ちあがりかけたあおえが、急に耳をぴくぴくと動かした。

「あ、行くんでしたら急がないと雨が降りますよ」

「そうなのかい？　御所を出たときは晴れていたけどな」

半信半疑で外に出ると、さっきまで晴れていた空に色の濃い雲が広がり始めていた。

「本当だ。降りそうだ。じゃあまたな、あおえ」

夏樹はあわてて自分の邸に駆けこんだ。帰る早々、外出の支度を乳母（めのと）の桂に頼むと、

「雨が来そうなのに、お出かけになるんですか？」

桂は顔にも声にも厭（いや）そうな感じをありありと出してきた。

「それで、どちらのほうへ？」

「四条（しじょう）のほう。あちらに同僚の家があってね」

賀茂の権博士のところへ行くと正直に言えず、嘘（うそ）を混ぜこんだ返事をする。四条と聞

いて桂はまた眉をひそめた。

「いまからですか？　もう陽（ひ）も落ちてしまいましたのに。外出などおやめなさいませ。明日でよろしいではありませんか」

「だけどね、どうしても今夜行かなくちゃならないんだよ」

三度目の怪異が今夜また発生しないとも限らない。そう危惧する夏樹は、構わずに外出の準備を進めていく。

「仕方がありませんわね。できるだけ早く帰ってきてくださいませね」

「はいはい。わかった、わかった」

なんとか妥協してもらえたと思ったのもつかの間、

「ところで……。さっき、夏樹さまはお隣から出てきましたわよね？　あのお若い陰陽師はいま留守のようですのに、いったいどんな御用でお隣へ？」

隣に行ったのを見られていたと知り、夏樹は思わず凍りついた。しかし、ここでとり乱してはまずいと、できるだけ平静を装う。

「いや、そうなんだけどね。ときどきは留守の家に変わりないかどうか見てくれって言われているから……」

「まあ、帝（みかど）のご用でおいそがしい夏樹さまに、陰陽師風情（ふぜい）がなんということを押しつけるのでしょう。夏樹さまも夏樹さまです。どうして撥（は）ねつけてしまわなかったのですか」

「いや、お隣だし……」

しどろもどろになる夏樹を桂はさらに責めたてた。

「昨夜も隣へ行かれましたでしょう?」

「えっ」

「隣の邸から夏樹さまの大声が聞こえてきましたもの。桂は目こそ悪くなりましたが、まだまだ耳は達者なのですからね」

声だけで、あの牛頭馬頭を見たわけではなかったらしい。これなら、まだ誤魔化しようはある。夏樹はホッとため息をつきそうになるのをなんとか我慢した。

「もはや大人になられ、主上の御用をもなさる夏樹さまがいつまでも童のように騒ぐなど、あの陰陽師の影響でしょうか。本当に困ったこと」

相手が陰陽師となると、桂の採点はおそろしくからい。あんな輩は詐欺師の集まりでしかないと、頭から決めてかかっているのだ。中にはそういう者もいるかもしれないが、一条は違う——と言ったところで聞いてはくれまい。

「それに、今日、とんでもない話を小耳に挟みましたのよ」

「とんでもない話?」

「修理大夫さまの姫君が物の怪にとり憑かれ、姫君のお母上が大層心配されて、市井の陰陽師だか巫女だかをお邸へ招いたそうなのです」

「へえ、そう」

　話の矛先がずれたのを感謝し、夏樹は適当に相づちを打ちながら身支度を続行させた。

「その者が姫君には狐が憑いていると申すものですから、お母上は言われるままに祈禱を頼み報酬を出したのに、その場限りの効用しかなくて。結局、狐の仕業などではなく、姫君には別の物の怪がとり憑いていたとか。いまでは姫君も落ち着かれたそうですが、この騒ぎの中、お気の毒にも縁談話が流れてしまったそうで。あれですわね、陰陽師だの巫女だのといった者に事を頼むときは、よくよく慎重にしろとの教訓ですわね」

「うん、なるほど」

「ですから、陰陽師などとはあまり関わらず……」

「じゃあ、行ってくるから」

　ようやく身支度が調った夏樹は大声をあげて桂のお小言を封じ、外に飛び出そうとした。が、ふと思いついて足を止め、乳母に忠告する。

「最近、巷ではいろいろと変なことがあるって聞いたから、念のため、打撒の米を用意しておくように」

「まあ、突然何をおっしゃるかと思ったら」

「念のためだよ。念のため」

「はいはい、わかりました。夏樹さまも心配性ですわね」

養い子が身を案じてくれたのが嬉しかったらしい。桂は途端に上機嫌になり、気持ちよく夏樹を見送ってくれた。行く先がこれまた陰陽師の邸だと知っていたら、そうはいかなかったかもしれないが……。


その少し前、夏樹が一条の邸であおえと語らっていたときのことだ。

庭の植えこみの中から、ふたつの人影がじっと夏樹たちの様子をうかがっていた。誰あろう、あの巫女の息子たちだった。

「あれが賀茂の権博士の弟子かな」

と、兄の三郎が横で腹這いになっている弟の四郎に確認をとる。

「ああ。相手は十六、七ぐらいだって母者が言っていたし、あんなモノと平気な顔で話してるし、間違いないんじゃないか」

あんなモノとは、もちろん、あおえのことだ。

「それもそうだな」

兄弟はうなずき合うと、こっそりと庭から這い進みつつ退却していった。話しこんでいる夏樹たちは、彼らの存在に気づかぬままだ。

三郎四郎のふたりは正親町から自分たちの家へと直行した。そこで待っていたのは彼らの母親のあやこだ。

「母者、いま帰ったよ」

息子たちが声をかけても、あやこは背を向けたままで何やらごそごそとやっている。不審に思い、前に廻りこんだふたりは危うく尻餅をつきそうになった。

「母者！」

「何やってるんだよ！」

とうとう呆けたかとふたりがあわてたのも無理はなかった。老母は角盥に水を張って鏡とし、そのひび割れた唇にせっせと紅を塗っていたのである。

息子たちの考えを読み取って、あやこは怖い目で彼らを睨みつけた。

「阿呆が、まだまだ呆けてなんぞおらぬわ。それよりも、あちらはどうだったのかえ？」

「ああ、うん、見てきたよ……」

まだ胸をどきどきさせながら、兄の三郎が報告する。

「馬頭鬼とのんびりくつろいで果物なんかつまんでいるから、ほんとにびっくりしたよ。でも、たぶん、あれは式神だな。さすがは賀茂の権博士の直弟子だけのことはあるよ」

完全に夏樹を一条と間違え、あおえのことも陰陽師が使役する式神だと思いこんでいる。巫女ならば違いがわかったかもしれないが、なにぶん彼女は現場を見ていない。

「何を感心してるんだか。陰陽師なら式を使うのは当然じゃないかね」

と、息子たちの報告を鵜呑みにする。

「ああ、でも、おまえたちは式を操るのが下手くそだったわな。まったく、それならそれで違う職につけばいいものを、でたらめ半分の術を使って日銭をかせいでは博打につぎこみおって」

身におぼえがありすぎて、三郎は何も言えなくなった。が、そんな兄の分もこめて四郎が強く反発する。

「母者はそう言うがな、おれはともかく、兄者はそれほど負けがこんでもいないんだぞ。それに、母者はおれたちの博打のあがりから、さらに上前をはねているじゃないか」

「おおっと手が滑りそうになったわ。少しは静かにしておくれ、四郎や」

自分にとって都合の悪い方向へ話が行くと、あやこはさらりとかわした。

「さてさて、二度も続けばむこうも相当用心しておろう。幻術を送りこむのはもうやめじゃ。わしが直接おどかしに行ってやるわい」

母のつぶやきに、三郎がはたと思い出して告げる。

「ああ、そうだ。今夜は賀茂の権博士のところに出かけると、やつが言っていたよ。さすがに不安になって師匠に相談するつもりなんじゃないだろうか」

「それは好都合」

紅をひき終わったあやこは、赤い唇の端を吊りあげてニッと笑った。たったいま、ひとでも食ってきたかのような不気味さが漂い、彼女を見慣れている息子たちでさえ背すじを寒くする。

「その途上でたっぷりと怖がらせてあげようかねえ。泣きながら師匠のところへ駆けこんでいくがいいわ」

はずんだ声で大胆な台詞を口にすると、あやこは青磁のように緑がかった淡い青の袿を取り出した。見慣れぬ袿を不審に思い、さっそく四郎が問い質す。

「そんなもの、どこで手に入れたんだよ」

「昼間、市へ行って手に入れたものよ。盗んでなどおらぬ。わしにだって少しぐらいは貯えもあるわ。どうじゃ、美しかろう」

三郎が難しげな顔をして、

「母者にはちょっと派手じゃないか……」

息子の遠慮がちな意見を無視して、あやこはさっと袿を頭からかぶり、一回転してみせた。何をやってるんだかと、ふたりの息子たちは口をへの字に結ぶ。が、あやこが彼らに再び向き直ったときにはもう、常とは違う変化が老女の身に起こっていた。

「母者⁉」

息子たちは異口同音に驚きの声をあげた。あやこはさもおかしそうに華やいだ笑い声をたてた。先ほどとは異なる、若々しい声で。

「そうか、そうか。それほどまでにわしの術は見事か？」

誇らしげにそう言ったのは、もはや白髪頭の老女ではない。長い髪はつややかな黒に、肌は瑞々しさを取り戻し、身体の線も若さの盛りの頃のものとなる。どこからどう見ても二十代、それもとびきりの美女だ。

息子たちは顔を見合わせ、やがて兄が代表して率直な感想を述べた。

「ああ、もう何も言うことはないよ、母者……」

自分の声にうっとりとした響きが混じっていることに気づき、兄はさっと顔を赤くする。代わって弟が媚びるように付け加える。

「おれたちの分までがんばってくれ」

「もちろんじゃとも」

ふたりの前に立つ女人はそう言って、くすくすと笑った。その笑いさえも、男心を絶妙にくすぐる。

「さて、善は急げじゃな」

何が善なのかはともかく、見事に化けおおせた巫女は息子ふたりを引き連れて、標的の邸へと向かった。

雨は降ってはいなかったが、夜空は曇って月明かりも星明かりもなく、都大路は暗い。

ひと通りはほとんどなく、路傍の柳が垂らした枝がさらさらと風に揺れているばかり。

そこを若返ったあやこは翔ぶがごとくに駆けていく。

あとに続く息子たちは口々に悲鳴じみた声をあげた。

「母者、速い。速すぎるぞ」

「もそっと、ゆっくり走ってくれないか」

歩みをゆるめることなく、あやこは、ほほほと楽しげに笑った。

「わしより若いくせに何を言うておるか。さあ、急げ急げ」

目指す陰陽師の邸はもうすぐそこ——というそのとき、あやこは急に歩みを止めた。

息子たちもぜいぜいと息を荒らげつつ、立ち止まる。

「は、母者……」

「やれ、やっと……」

あやこは、しっと鋭くつぶやき、

「誰か来る」

そう言うや、すぐそこの柳の木の後ろに素早く隠れた。息子たちも急いで彼女に倣う。

やがて、馬に乗った狩衣姿の若者が大路のむこうから姿を現した。馬上の若者は隠れたあやこたちに気づいた様子もない。何か悩み事でもあるのか表情を曇らせ、考えこみつつ静かに馬を進めている。

「あれだ」

兄と弟はほとんど同時にそう言い、あやこが訊き返した。

「何があれなんじゃ？」

「だから、あれが権博士の直弟子なんだよ」

じれったげに四郎が言ったが、あやこは首を横に振った。

「いいや。年は同じぐらいじゃし、あれはあれでなかなかじゃが、違うな。権博士の直弟子はまるでおなごのような、怖いような美貌じゃったぞ」

「だけど、間違いなくあいつが邸で親密そうに式神と話してたんだよ。他にはそれらしいやつなんていなかった。おなごのような美形なんて、おれたちは見てもいないぞ」

と、三郎も強く言い張る。

「だったら、ひと間違いじゃな。おまえたちらしい」

あやこはにべもなく切り捨てた。おとなしい三郎はうなだれてしまったが、四郎はなんとか挽回（ばんかい）しようと、

「きっと、直弟子の兄弟とか乳母子（めのとご）とかじゃないのか？　だったら、代わりにあれを脅（おど）かしてやっても、それなりに意味はありはしないかな」

「そうそう、四郎の言う通りだとも」

すでにくたびれ果てていた兄弟は、なんとかこの場で事を済ませてしまおうと言葉を

尽くした。最初は不服そうだったあやこも、ふたりがかりで説得され、次第にそんなものかという気になっていく。

「まあな……。実のところ、整いすぎていけすかない直弟子よりも、あの若者のような凜々しげな顔立ちのほうが好みではあるよ。脅かし甲斐もあるというものだわい」

ひっひっと、あやこは気味悪く笑った。瞬間だけ、若いその面に本来の老婆の顔が浮かびかけて消える。

「あやつをさんざん脅かせば、直弟子の弱みなども聞き出せるかもしれんしな」

適当な理由をつけると、あやこは柳の木の裏から離れ、獲物に向かってしゃなりしゃなりと歩き出した。きゅっと上がった尻が、歩みに合わせて色っぽく揺れる。妖艶さ漂うその後ろ姿に、ふたりの息子は声なき声援を送っていた。


賀茂の権博士のもとへ向かうため、夏樹が自宅を出たときにはまだ雨は降っていなかった。

けれども、空は雲に覆い尽くされ、月も星もどこにあるのかわからない。五月闇とはこういう暗闇を言うのだろう。

念のため、水をはじくよう片面に油が塗ってある雨衣は用意した。途中で怪しいことが起きたときに対処できるよう、腰には形見の太刀をちゃんと差している。昨日のような失態はもうくり返さないつもりだ。

馬の反応にも注意を向ける。何者かが近づけば、きっと野生の勘でいち早く気づいてくれるだろう。

「よろしく頼むぞ」

首を撫でてやりつつ、そう声をかける。返事をするように鼻を鳴らしたその馬づらが、あおえを連想させて少しおかしい。

大気には雨のにおいが混じり出していた。湿気を含んだ大気の中、緑の香りのみならず、橘の花の香りがどこからともなく漂っている。これはこれで風情があった。

しかし、ゆっくりひたってもいられない。身のまわりで何やら妙なことが進行しているのは確実なのだから、油断は禁物だった。

これが力で解決することだったら自分でなんとかしている。武官として近衛に身を置いていた時期も短いながらあるのだ、腕には多少おぼえがある。

が、今回の件は力だけではどうにもならなかった。向かってくるのはヒトではないし、そもそもこうなった原因すらわかっていないのだから対処のしようもない。

「何か恨まれるようなこと、したかなぁ……」

自分の記憶をいくらふるいにかけても心当たりはひとつもみつからない。だからこそ、余計に気持ち悪かった。

考えこみながらなので馬の進みも遅く、邸を出てまだ少ししか経っていない。前方には堀川に架かる一条戻橋が横たわっている。

夏樹はそこで急に蔵人所で聞いた怪談を思い出した。あの橋の上で、とある武士が鬼女に遭遇したという話を。

おとといの小男は蔵人所で耳にした怪談に酷似していた。馬頭鬼の出てくる怪談もあの場で聞き、その後、馬頭鬼ばかりか牛頭鬼が自分のもとに現れた。

(偶然か。いや、でも……)

このうえ戻橋を通るのは、どうにも不吉な心地がした。それに、道は他にもある。どうしてもあの橋を渡らなくてはならないわけではない。

夏樹は進行方向を変えようとしたが、その直後、鈴を振るような美しい声に呼び止められた。

「もし、そこのお若いおかた」

いつの間にか、柳の木を背景に女がひとり立っていた。

年の頃は二十なかばといったところだろうか。青磁の色の被衣に縁取られた小さな顔は、はっとするほど華やかで印象強かった。瞳は夜の色、肌は雪の色、そして唇は火のように紅い。柳腰の艶めかしさには、鈍感な夏樹をも幻惑させる威力があった。

彼女は夏樹をじっとみつめて小さな声でつぶやいた。

「さて、近くで見ても直弟子と似ておらぬ。兄弟という線はなしか……」

「はい？」

「いえ、あの、非常にぶしつけかとは存じますが、どこへ行かれるのでしょうか」

「賀茂の……いえ、四条の知り合いのうちへ行くところでしたが」

賀茂の、という言葉を確かに聞き取り、女はあるかなきかの微笑を浮かべた。

「そうでしたか。実は、女ひとりの夜歩きで心細い思いをしていたところでした。もしよろしければ、わたくしを四条の近くまでお連れ願いませんでしょうか」

女はすがるように甘えた声でささやいた。美女にこんなふうにお願いされて、気分を悪くする男はまずいない。が、夏樹は警戒すべきだと感じていた。

（戻橋のたもとで出逢う美女……できすぎてる。あの話そのままじゃないか）

夜目を凝らして女を観察する。といっても、被衣のせいで角の有無はわからない。

馬の反応にも注目してみる。もしも彼女が物の怪の類いなら、野生の勘でおびえるぐらいしそうなものだと考えて。が、馬にはこれといって変化もない。

「失礼ながら、どうしてこのように暗い中、おひとりで出歩いておられるのですか？」

尋ねてみると、女は恥ずかしそうにうつむいた。

「実はその、あまり聞こえのよくない事情がございまして……」

「あ、無理に言わずとも結構ですが」

しつこくできない性格が邪魔をして、ついそう言ってしまう。

「あ、でも」

自分で自分の間抜けぶりに歯噛みしつつ、夏樹は理由を聞き出す方向へ引き戻そうとした。

「もしよろしかったら、言ってくださいませんか？　ひょっとしたら、ぼくでも力になれるかもしれませんし。もちろん、他言はしませんから」

ひたむきさが通じたのか、女はためらいがちに顔を上げた。

憂いに満ちた表情がまた色っぽい。彼女ぐらいの美貌なら世に多いかもしれないが、こんな妖艶さを醸し出せる女性はそういないだろう。少なくとも、夏樹は他に知らない。

「実は……」

話す気になったのか、女は黒目がちな瞳を潤ませて夏樹を見上げた。

「ほんにお恥ずかしい話でございますが、夫に女ができたらしくて」

憂いが彼女の容貌にさらに美しさを添える。

「わたくしはぜひとも相手の女をこの目で見てみたくて、こっそりその者のところに連れて行くよう家の女房たちにも頼んだのですが、思いとどまらせようとするばかりで誰ひとり従ってはくれません。それで、思い余ってただひとり忍んできたのですが、さすがにあたりが暗くなってくると心細さがこみあげてきて、途方に暮れていたところでございました」

つかえながら、女はひとりきりでいる理由を語る。

真実かどうかは確かめようがないが、あり得ない話ではないような気がしてきた。貴族の女はあまり外を出歩かぬものだが、夏樹の身近には深雪というわかりやすい例外もあった。

「この戻橋を渡っていけば、橋の名の通りに夫がわたくしのもとへ戻ってくるかもしれないとも思ったのです。この気持ちを哀れとお思いでしたら、どうかわたくしを馬に乗せ、橋を渡ってはくださいませんか」

夏樹にも、まだためらいはあった。だが、もし彼女が物の怪でもなんでもなかったなら、見捨てるのも気が咎める。恐怖心に負けてしまったようで、それも厭だった。

（一か八か、試してみるか？　物の怪だったら斬り捨てるのもやむなしとして……）

夏樹は秘かにそう決心してうなずいた。

「そうですね。おひとりというのも物騒ですし、ぼくの馬に乗っていかれますか？」

女はホッとしたように笑みを作った。暗闇に白い梔子の花が咲いたかのようだった。

「ありがとうございます。実は、たいした距離も歩いておりませんのに足が痛くて困っておりました。本当に、本当にありがとうございます」

「では、どうぞ」

女へ片手をさしのべる。むこうもそろそろと腕を上げる。ふたつの手が重なる。

女の手は冷たくも熱くもなく、ほどよい体温を伝えてきた。感触からすると肌が少し荒れているようだが、気になるほどではない。

夏樹の顔に安堵の色が広がった。

(よかった。彼女は物の怪ではなくヒトだ)

おとといの小男にしろ、昨日の牛頭馬頭にしろ、決め手は感触だった。小男の持っていた太刀は鋭利そうな割に突(つ)かれても蚊の針程度も感じなかったし、牛頭馬頭に至ってはあのごつい身体そのものがぺらぺらだった。

けれども、この女人の手はちゃんとした感触がある。引きあげて馬に乗せたとき、重みも感じた。もう心配する必要はあるまい。

安心するや否(いな)や、

「まあ、高くておそろしい」

女はそう言って夏樹の背にしがみついてきた。間近に女人の体温を感じ、夏樹の頬はたちまち真っ赤に染まる。

「ゆっくり行きますから、大丈夫ですよ」

女の声より自分の声のほうが震えている。子供だと思われたらどうしようと焦り、ますます頬が赤くなる。この顔を見られぬよう、夏樹は前をまっすぐ向いて馬を歩かせた。

馬はふたり分の重みをものともせず、橋を渡っていく。まだ渡りきらぬうちに、急にぱらぱらと小雨が降ってきた。

「ああ、とうとう降ってきましたね。雨衣がありますけど、お使いになりますか？」

「お心遣いありがとうございます。でも、この程度でしたら、わたくしはけっこうですから、どうぞご自分でお使いになってくださいませ」

「いいえ、ぼくもこの程度でしたら気にしませんから」

そこで一旦、会話が途切れた。夏樹は気まずさから、意味もなくきょろきょろとあたりを見廻した。

暗くてよく見えずとも、堀川の両岸には草が青々と茂っているのだろう、緑の香気が濃く漂っていた。それとも、これは後ろに乗った女人の香りなのだろうか。

黙っているのも気詰まりで、夏樹はなんとか会話の糸口をみつけようと言葉を探した。

「けれど……こんな美しいかたを妻にしていて、よそに女をつくるとは、ぼくには考えられませんね」

こんな陳腐な台詞しか出てこない。黙っていたほうがよかったかなと後悔していると、意外にも女は乗ってきてくれた。

「お上手ですこと。あなたさまもそんなふうな浮いた言葉で女人を騙(だま)したことがおありになるのですね?」

「そんな、騙すなんてとんでもない。ぼくは思ったままを言っただけで……」

しどろもどろになる夏樹に、女は甘やかな笑い声を投げかける。けして相手を不快にさせない、いい声だ。

「かわいらしいおかたですのね。あの男とは大違い」

夏樹は『あの男』を彼女の夫のことだと思った。実際は違っていたのだが。

女は続けて言う。

「そうね、あの男と違ってほんにかわいらしいこと……」

その声音に微かな違和感が生じていた。うっかりすると聞き洩らしてしまいそうな変化だが、夏樹はそれを確かに感じ取って、おやっと思った。そこから女の恨み節が始まる。

「あの男のことを日に夜に考えているうちに、わたくしはすっかり面変わりしてしまいましたわ。こんな醜い顔になって、もう生きていくこともできません」

「何を言われますか。醜いなどということは全然ありませんよ」

おそらく、夫の浮気で気が動転しているのだろう。そう思った夏樹はなんとか彼女を元気づけようと試みた。

「いずれ、あなたのもとへ戻ってきますとも。こういうときはあわてず騒がず、落ち着いて構えていたほうがあなた自身のためにもよろしいと思いますよ」

　わかったようなことを、面映ゆさを噛みしめつつ言ってみる。女は目を伏せ、首を横に振った。

「ひとはそう言いますが、なかなかできることではございません。いっそのこと、あの男を殺してわたくしも死のうかと——」

　陰鬱な響きを伴ったその言葉は、夏樹の背すじをぞくりとさせた。ついさっきまで明るく笑っていた女が、どうしてこんな闇の底から響いてくるような暗い声を出せるのか、若い彼には理解ができなかった。

　後ろを向いて女の顔を確かめたくなった。それ以上に、そんなものは見たくもないとも思った。

（もしも、顔が醜く変わっていたら——）

　考えてはいけない。

「だって、こんなに醜くなってしまったのですもの」

　耳を貸してはいけない。

「きっともう、振り向いてはもらえませんわ」

　振り向いてはいけない。

　そう自分自身に言い聞かせ、夏樹はただ前だけをみつめていた。

ぽく、ぽくと、馬は規則正しく蹄の音を響かせている。

橋は異界との境界だという。岸と岸とを繋ぐように、人間の世界と異界とを繋いでいるというのだ。

だとすれば、こんな妙な気分になるのは橋の上を渡っているせいかもしれない、と夏樹は自分自身に言い訳した。この橋を渡りきってしまい、土の上に降り立てば、背後の彼女も落ち着いてくれるのではないか。こんな憎悪に満ちた声を聞かずに済むかもしれない。

(どうか、そうであってくれますように……)

なんの根拠もない微かな希望を崩すように、女はささやき続けている。その声は魅惑的だが、同時におぞましく厭わしくも響いた。

「あなたも振り向いてはくださらないのですか?」

気にしてはいけない。もうすぐ橋を渡りきってしまうのだから。

「わたくしを見てはくださらないのですか?」

見てはいけない。振り返り、女の顔を見た瞬間に、自分は囚われてしまう。戻れなくなる。

なぜそう思ったのか説明のつかぬまま、夏樹は頑なに前を向いていた。

何かを——たとえば、馬を走らせるとか振り返るとかすれば、この奇妙な感覚からもう二度と抜け出せないような気がしたのだ。臆病者と自分自身を笑い飛ばすこともできない。ひたすら守りを強固にするしかない。

（せめて、橋を渡りきるまでは前を向いておきたい）

しかし、渡りきる寸前で夏樹の守りは突き崩された。女が彼の背中に思いきり爪を立てたのである。

あっ、と叫んで反射的に振り返る。同時に、まずい、しまった、と思ったがもうあとの祭りだった。

夏樹は見てしまった。後ろに乗っていた、どこの誰とも知らぬ女の顔を。

彼女の言った通り、変化が起こっている。なまめかしく華やかだった、あの容貌ではない。面影は残っているものの、それはもはやわずかだ。

顕著な違いは、被衣の上からもそれとわかる二本の突起だった。少し内側に反ったその突起は、間違いなく角だ。

口は耳の近くまで大きく裂けている。目はつり上がり、金色の光を放っている。雪白の肌は死人よりも青く染まり、唇だけが前と同じく火のように紅い。

もはや、彼女はヒトですらなかった。嫉妬の激しさからか、最初からそうだったのか、鬼と化してしまったのだ。

夏樹は彼女から身を離そうと均衡を崩し、落馬した。背中を橋の床面にしたたかに打ちつけ、数秒間、痛みに息もできなくなる。その間に鬼女は馬の手綱を操り、橋の終わりで立ち止まらせた。

退路を断つつもりだろうか。しかし、前方の岸に渡れずとも、とって返して後方の岸へ走ればよい。無理に向かっていくよりは逃げるが勝ちだ。

夏樹は背中の痛みにうめきつつ、なんとか身を起こした。そしてすぐさま、馬上の鬼女に背を向けて走る。

痛みが邪魔して速く走れない。気持ちが動揺するのに合わせて足もとも揺れる。さらには折悪(おりあ)しく降ってきた雨で滑りそうになる。さして長くもない橋が急にのびたような錯覚すらする。

あの一条戻橋の鬼女の怪談がそのまま自分の身に降りかかっている。怪談のなぞり。昨日、おとといと同じ現象だ。

しかし、鬼女は追ってくる素振りも見せない。馬から降り、橋の終わりに立って、じっとこちらを睨んでいる。

いや、笑っているのだ。あの美しい声ではなく、老婆のようなしわがれた声で。

橋のちょうど中間まで来たとき――そこまでたどりつくのに、ずいぶんと時間がかかった気がする――どうして鬼女が追ってこないのかがわかった。

いきなり、進行方向斜め先の川面(かわも)から、巨大なものが水しぶきをあげて出現した。

その異様な姿に、夏樹はぎょっとして足を止める。堀川の水中から現れたのは、見上げるほどの大蛇だった。

ひとかかえはあるような大きな頭。胴体もおそろしく太い。水面下に隠された部分もあり、全長はどれくらいなのか知るすべもない。

濡れた鱗（うろこ）は暗緑色。らんらんと燃える眼（まなこ）は濃い紫。これまで見たことも聞いたこともない、忌まわしくも美しい蛇だ。

大蛇は暗色の舌をちろちろと覗かせながら、夏樹をひたと見据えていた。隙あらばひと呑みにしようと企てているのが、はっきりと伝わってくる。不思議な色の目に映っているのは敵意だ。

後ろを振り向けば、鬼女がこちらの様子をうかがっている。ほんのわずかながら、先ほどとは間の距離が縮んでいた。

恐怖ゆえの思いこみではない。あの女は馬を橋のたもとに残し、少しずつ少しずつ、こちらへ近づいてきている。そうすることで夏樹に精神的な苦痛を与え、楽しんでいるのだ。

大蛇のほうを見てみれば、こちらもじりじりと距離を詰めているところだった。

前にも後ろにも行けない。川に飛びこんだとて、大蛇にすぐ追いつかれ呑まれてしまうのは目に見えている。もはや、夏樹は完全に逃げ場を失ったのだ。

そうなると不思議なもので、恐怖や焦りは急速に消えていった。自暴自棄とも違う。なんとしてもこの状況を打破し生還しようという意志が、身体の底から湧きあがってきたのだ。

夏樹はゆっくりと太刀を抜いた。

手になじんだ柄(つか)の感触が、彼に冷静さを取り戻させた。刃(やいば)はあの白光こそ放っていないものの、柄の感触だけで充分、感覚を鋭敏にしてくれた。

夏樹は大蛇と鬼女を交互に睨み、それぞれの距離を目で測った。いまはまだ、ほぼ等間隔にある。ここから生還するには、どちらか先に近づいてきたほうを斬り、返す太刀でもう一方の首をはねるしかあるまい。

(だが、同時に襲ってきたら――)

そのときは、やれるだけのことをやるしかない。

太刀が光ってくれれば、という期待がなかったと言えば嘘になる。しかし、現にいま光っていないのだから、その力をあてにすることはできない。頼りきってしまって手を抜けば、きっと自分はこの世にいなくなる。

じりじりと近づいていた大蛇と鬼女が、一気にその速度をあげる。夏樹との距離も、速さも、すべて同じだ。

同時に来る。大蛇は川の水を飛び散らしながら、鬼女は笑いながら。

被衣が脱げ落ち、鬼女の髪は乱れ、突き出た角が露わになった。

どちらを先に斬るべきか。頭で考えずに感覚に任せようと決めた、その刹那。

誰かの声が、夏樹の耳に飛びこんできた。

「蛇を斬れ！　女は斬るな！」

咄嗟に身体が動き、夏樹はその指示に従う。

白刃が閃き、一直線に大蛇の胴を突き通す。次の瞬間には太刀を後ろに引く。背後には鬼女が迫っていた。夏樹は引いた太刀の柄を、鬼女のみぞおちに打ちつけた。

大蛇は声もなく崩れ落ち、鬼女はげっとうめいてうずくまる。そして、劇的な変化が起こった。

川面に浮いた大蛇の姿がたちまち消え失せたのだ。あの小男や、牛頭馬頭のように。川面はもとより、橋の上にも鱗一枚、残りはしない。代わりに、茎の折れたあやめ草が一輪、夏樹の目の前に落ちていた。

鬼女のほうは消えていなかった。が、変化はこちらにも生じていた。あの妖艶な美女に戻ったのではない。みぞおちを押さえてうめいているのは、白髪の老女だ。

わけがわからず夏樹が呆然と立ちつくしていると、人影がひとつ、橋を渡って近づいてきた。

狩衣を着ているくせに長い髪を垂らして、烏帽子もかぶらない。少女と見まごう美貌は、闇の中にあっても内側からほの白く輝いているよう――

狩衣の少年は夏樹のすぐ前で立ち止まった。その途端、張りつめていた夏樹の表情がゆるむ。

「おかえり……一条」

無意識のうちに洩れた言葉は、いまにも泣きそうに震えていた。相手もそれに気づいたのか、口もとにうっすらと笑みを浮かべた。

「ああ。ただいま、夏樹」

絶体絶命のあのときに、蛇を斬れと指示を飛ばした声だった。

「どうしてここが？」

「おまえが橋を渡っていくのが、あっちのほうから見えたんだよ」

一条は後ろを向いて彼方（かなた）を指差す。それから、橋の上に落ちているあやめ草を拾いあげた。茎の先端についている紫色の花は、まだ蕾（つぼみ）だ。

「あやめ草。蛇を表す隠語だな。蕾をつけてのびている茎が蛇に似ているから、そう呼ばれている。知ってたか？」

「いや……」

知ってはいなかったが、納得はいった。あの大蛇の鱗が緑だったのも、目の色が紫だったのも、あやめ草がもとだったから。茎が折れているのは、夏樹が太刀で蛇の胴を突いたせいだろう。

一条はあやめ草を川に投げ入れると腰を屈め、老女の顔を覗きこんでつぶやいた。

「こいつ、見おぼえがあるぞ」

「え？」

夏樹も驚いたが、老女はもっと驚いている。

「お、おまえは……！」

あの美女の華やかな声とは違う。けれど、鬼女の笑い声と同じ、しわがれた声だ。

「そうだ、辻のあやことか名乗っていた巫女だ。修理大夫の邸で会っている」

一条はおののく老婆に顔を近づけると、にやりと笑った。御所では滅多に見せない、意地悪な笑いかただ。

「いったいここで何をしていた？」

言いかたは穏やかだが、一条は明らかに怒っていた。それが肌で感じられて、夏樹ははらはらしながらふたりを見守る。

「逆恨みして仕返しでも企んだか？　ちゃんと術が使えるんじゃないか。にしても、無関係なやつを巻きこむのは感心しないな」

「無関係……？」

あやこは夏樹に視線を移し、穴があくほど凝視する。

「おまえは誰じゃ？」

いまさら、そんなことを訊くのかと、夏樹は内心むっとした。だが、相手が年寄りだと強い態度には出にくい。たとえ、相手が自分を害しようとした者でもだ。

「大江夏樹……。六位の蔵人。一条の」

ちらりと一条に目を向けて、それが彼の名であることを暗に示す。

「彼の家の隣に住んでいて……」

「なんじゃと？」

突然、あやこはわめき出し、両手で白髪をがしがしと掻きむしった。

「ええい、このわしがまるっきり無関係な者を相手に無駄骨を折っていたというのか⁉

なんという失態じゃ、なんという屈辱じゃ！　これでは愚息らと同じではないか‼」

よほど腹立たしいのか、くやし涙にくれている。ずいぶんと気の強い年寄りだった。

「おまえ！」

あやこはいきなり夏樹を指差し、

「よくもまぎらわしいことをしてくれたな。陰陽師でもないくせに式神と話をしたり、
権博士の邸へ行こうとするでないわ！」

責められているほうは何が何やら理解できず、助けを求めて一条の顔を見やった。

「どういうことだ、これは」

「さあな」

一条は腰に手を当て、ふうっとため息をついた。

「とにかく、保憲さまの邸に連れていこう。そこで詳しい話を聞かせてもらおうか」

あやこはそれを聞いてもただ泣くばかり。抵抗する気力もないらしい。

「じゃあ、同行させてくれ。ちょうど権博士の邸に行くところだったし」

夏樹がそう言うと、一条はいぶかしげに片方の眉を動かした。

「保憲さまになんの用があって？」

「最近、身のまわりで妙なことがあって……」

言いかけてハッとする。なんとなく真相が垣間見えたような気がした。一条も何事かをうっすらと察したのだろう、あやこに鋭い視線を向けて言う。

「その話、歩きながら聞かせてもらおうかな」


馬に辻のあやこを乗せ、夏樹と一条は賀茂の権博士の邸に赴いた。

出迎えてくれたのは権博士の弟の真角だった。一条が丹波から京に戻ってきたように、真角も帰京を果たしていたのだ。

「さっき路上で別れたばかりなのに……なんで、うちに来るんだ？　しかも、妙な連中まで連れてきて」

ずいぶんな挨拶だった。おかげで、丹波まで一条と同行していながら両者の関係はまったく改善されなかったのだなと、夏樹にもうかがい知ることができた。

一条は真角の機嫌などには頓着せず、

「保憲さまは部屋かな?」

と短く問うた。おまえには関係ないし、用もないと、暗に示して。

そのへんはしっかりと通じたらしく、真角はぶっきらぼうに応えた。

「ああ。だが、遠慮してくれ。兄上は風病で寝こんでいる」

「では、お見舞いに」

一条は言うが早いか、勝手知ったる師匠の家へと上がりこんだ。夏樹もあやこを連れ、彼のあとに続く。真角も「おいおい」と不満げな声をあげつつ、ついてくる。

権博士は自室に夜具を敷いて横たわっていた。が、一条たちが入室してくるや目醒(めざ)め、

「おや、どうかしたのか……?」

そうつぶやきつつ、半身を起こした。

「兄上」

たちまち真角が飛んでいき、権博士の肩に袿をかけてやる。

休んでいたので髪は少し乱れ、熱があるのか、ほんのり顔が赤い。だが、こんなとき

でも権博士は突然の客を前にしてうろたえず、物問いたげな視線をひとりひとりに向ける。その目が一条の上に留まった。

「ああ、帰京したのか」

「お休みのところ、失礼します」

一条は礼儀正しく、師匠に一礼した。

「帰京が夜になりましたので、丹波の件のご報告は明日にでもと控えておりました。が、別の問題が持ちあがりましたゆえ、無礼を顧みずにお邪魔した次第」

一条の口上はよどみない。夏樹の身に降りかかった一連の出来事も、彼は的確な表現を用い、小男の一件から始めて戻橋の件まで、効率的に説明していく。

「……ところが、捕らえてみれば美女でも鬼女でもなく、この通りの老婆。どうやら、新蔵人(しんくろうど)のもとに現れた怪異もことごとく、この者の差し金のようでしたので、ここへと連れて参りました。どうぞ、とくと顔を見てやってください」

観念したのか、あやこは片膝を立てて、どんとすわり、

「煮るなり、焼くなり、好きにするがよいわ！」と吼(ほ)えた。

「このような婆(ばば)の皺首(しわくび)とっても、なんの手柄にもなりはせんだろうがの、血も涙もないおぬしらに命乞いしても無駄だからのう」

憎々しげに言い放ち、皺だらけの顔を権博士に突き出す。まるで、隙あらば喉首に嚙

みつこうと狙っているかのようだ。

「こら、おとなしくしないか」

心配した夏樹があやこの肩を後ろから押さえると、彼女は駄々っ子のように手足をばたばたさせて暴れ始めた。

「おお、痛い痛い。か弱い年寄りに何をする気じゃぇ」

「そんな、力は入れてないのに……」

「痛い痛いぃ」

夏樹は気が咎めてしまって手を放したが、一条は、

「美女になったり年寄りになったり、勝手な都合で使い分けるな」

ときつい口調で叱る。しかし、あやこは負けない。

「ふん、おのれのような童(わっぱ)に言われとうないわ」

「なんだと」

巫女と陰陽生(おんみょうしょう)の少年は互いに睨み合い、火花を散らした。どちらもひこうとはしない。

権博士は驚くでも警戒するでもなく、そんなふたりをじっとみつめている。その視線が癇(かん)に障(さわ)るのか、

「何をじろじろ見ておるかっ！」

囚われの身だというのに、あやこは権博士を鋭く一喝した。その直後、権博士はぽつりと言った。

「どなたさまでしたかな？」

一瞬——時が凍りついた。

想定外の反応だったらしく、老婆は腰をぬかさんばかりに驚いている。しかし、権博士は真剣だった。おのれの記憶を探るように、眉間に浅く皺を寄せている。

あやこは息を呑んでから、おそるおそる彼に問うた。

「おぼえて……おらなんだか？　本当に？」

「ええ……」

権博士はこめかみに指を添える。

「あいにくと、いまは熱がありまして……」

「おぼえて、ない……」

よほど応えたのか、あやこは口をぱくぱくと動かすばかりで、それ以上は声も出なくなる。

夏樹も戸惑っていた。どうしたらいいのかと悩み、ふと一条を見ると、彼は得たりとばかりに薄く笑っていた。こうなることをある程度、予測していたのだなと夏樹も悟った。

「こちらは先日、修理大夫の邸で鉢合わせをした巫女で、辻のあやこどのと申します」

一条がしたり顔で説明すると、ようやく権博士の表情に理解の色が広がった。

「ああ……そんなこともあったか」

「そんなこともあったか、ではなかろうが！」

あやこは床板を拳で叩き、突然わめき出した。真角が兄を守ろうと怖い目で睨みつけても、彼のほうなど見てもいない。

「恥をかかされたわしが、どれほどの屈辱にのたうったことか。その上、おぼえていないなどと、このわしはその程度の相手だったと言うつもりかえ？　年寄りを愚弄するにもほどがあるわ！」

あやこが真っ向から叩きつける怒りに、権博士は困ったように小首を傾げた。

「申し訳ない。なにぶん、忘れっぽいたちなもので」

あっさりと謝罪する。彼があやこになんのこだわりも持っていないことは、その態度からも明らかだった。

あやこもそれを察したのだろう、拍子抜けしたように、途端に静かになる。そこへ追い打ちをかけるように、一条が笑みを含んだ優しい声で言い添えた。

「保憲さまはご覧の通りのおかたなのだ。おまえのひとり相撲だったな」

一条の言う通りだった。

長い沈黙のあと、あやこはようやくそれを悟ったのか、重いため息をついた。

「この師弟相手に何をやっても無駄だということじゃな……」

瞬間、一条は不満そうな表情を浮かべた。真角は微かにうなずく。権博士は熱でぼうっとしているせいか、まるで変わらない。夏樹は少しだけ考え、真角に倣って浅くうなずいた。

あやこはふらふらと立ちあがると、おぼつかなげな足取りで部屋を出ていった。一条と夏樹はすぐに立ちあがり、距離をおいて彼女のあとを追った。

地面は濡れていたが、すでに雨はあがっていた。

権博士の邸を出た老婆は、まるで魂が抜けたような虚(うつ)ろな表情で暗い通りを歩いていく。夏樹などは支えてあげたほうがいいのではないかと心配になったほどだった。しかし、その必要がないことはすぐにわかった。

あやこの歩みがぴたりと止まる。彼女の前方には男がふたり立っていた。ずっと外で待っていたのか、彼らの肩は小雨に濡れている。

夏樹と一条は物陰に隠れて見守ることにした。暗がりの中、男たちの顔はよくわからないが、夏樹はなんとなく片方の顔に見おぼえがあるような気がしてきた。

すぐに思い出す。うちに来た水干(すいかん)姿の小男によく似ているのだ。身の丈はもちろん違うが、顔や服装はそっくりそのままだ。

男たちは放心状態のあやこに「母者」と声をかけた。してみると、彼らは親子か。

「大事ないか、母者」

「権博士にひどいことはされなかったか」

不安げな問いに、あやこは虚無感漂う苦笑いを浮かべる。

「大事ないものか、たっぷりとひどいことをされたわい」

「殴られたのか？」

何か『殴る』という行為に思い入れでもあるのか、男たちは声をそろえて訊く。あやこはかぶりを振った。

「もっとひどいことじゃよ」

「ま、まさか、あんなことやこんなことを……」

「は、母者！」

「ぼけ」

母親の拳を兄弟仲良く受ける。殴るほうも殴られるほうも、見るからに年季が入っている感じだった。なぜか一条があおえを殴っている光景と重なり、夏樹はめまいすらした。

「賀茂め。あやつはわしのことなんぞ、なんにもおぼえておらなんだよ。こんなことがあっていいものかえ、なあ」

半分泣いているような口調だった。大見得をきったときのあの猛々しさはどこにもない。よほど深く、誇りを傷つけられたらしい。

権博士に悪気はこれっぽっちもありはしないのだと説明したところで、あやこはきっと理解してはくれまい。あの端整で至って冷静そうな外見から、彼が忘れ物大王であることを見抜けと言っても無理な話だ。

「わしはもうだめかもしれぬわ……」

あやこは肩を落として息子たちに弱音を吐いた。

「その昔は、都の貴族から東国の武士まで、すべて骨抜きにしてやれたのに、こうなっては野ざらしの髑髏も同然よ。このうえ、巫女としてのわしまで否定されれば、もはや朽ちて砕けて消えてしもうたほうがよいくらいだわ」

暗い天を仰ぐと、皺の寄った目尻からつうっと涙がこぼれた。

「ええい、こうなったら死ぬ。死んでやるわい。堀川に身を投げて、戻橋を渡る者をすべて食い殺す鬼になってくれる！」

そう言うが早いか、だっと堀川目指して駆け出そうとする。そんな母親をひきとめたのは、息子のわざとらしいつぶやきだった。

「いや、でも、すごい美人だったよなあ、兄者？」

弟に目で合図され、あの小男にそっくりな兄が力強くうなずく。

「ああ、あれには驚かされたよ。あれって、母者の若い頃の姿そのまんまなんだろう？ あんなに色っぽくていい女、初めて見たよ」

「ほんとにそうだ。都の貴族から東国の武士まで、あながち嘘でもないんだなとやっと思えたよ」

母は堀川に向かうのをやめ、息子たちの顔をちらりとうかがう。

「ふん、心にもないことを……」

「本当だよ」

兄弟は声を合わせて勢いよく主張した。演技なのか、本心なのか、そこは夏樹にも判別つけ難い。

その疑問を感じとったように、一条が小声でささやいた。

「あれは本心だな」

そのあとに、「あいつら、あの年で親離れができていないのか」と憎々しげに付け加えるのも忘れない。さらには「けっ」と吐き捨てるような声が聞こえたが、それは夏樹の空耳だったのかもしれない。

陰でそのようなことを言われているとも知らず、ふたりの息子は口々に母親を褒め讃(ほめたた)えている。

「あの幻術だってすごかったじゃないか。鬼女だって、まさに真に迫ってたよ」

「そうそう、兄者の言う通り。大蛇だって本物そっくりで、おれたちが蓬人形やら地獄絵図やらを使って真似た術なんて、お話にもならなかったっていうのが、骨身に染みてわかったよ。母者はすごいよ。すごすぎるよ」

「そうか……？」

「そうそう」

「そうだよ」

ふたりがかりでの全力の賞賛は効果あり、次第次第にあやこの表情に自信が戻ってきた。

「ふふん……。まあ、今回はいろいろと不備もあったが、わしもまだまだやれるという証明はできたようじゃな」

あやこは腰に手を当て、堂々と胸を張った。それを助長するように息子たちは手を打ち鳴らし、やんややんやと褒めそやす。

「そうそう、それでこそ、母者！」

「さすが、都の貴族から東国の武士まで手玉にとった巫女！」

「おほほほほ」

華やかに、高らかにあやこは笑った。若い頃の笑いと、驚くほど遜色なく。

見事に自己完結した親子ではあった。あの中に他人が入っていくのはとても難しいこ

とだろうと、夏樹も思った。一条も同じ感想をいだいたのか、

「あの息子ふたり、絶対に独り身だな」

とつぶやいた。夏樹もうなずいて、その意見に同意した。

すっかり立ち直った巫女と孝行息子ふたりは、楽しげに笑い合いながら、五月闇の中を去っていく。そのあとを追うべきか否か、迷った夏樹は一条を振り返った。

「いいのか、行かせて？」

「どうかな。あいつらを抛っておくと、世のためにならないような気はするが……。ま、知ったことじゃない」

一条はけろりとした顔で無責任なことを言ってのけた。

「これに懲りて、当分、悪さしないでくれることを願おう」

彼がそう言うからには、もう仕返しする気などあの親子にはないのだろう。当面の危険も彼らとともに五月闇に消えてしまったのだ。たぶん。

一抹の不安を胸に、ふたりは家路をたどり始めた。馬は権博士の邸に預けてきたので、ふたり並んで徒歩で。その道すがら、夏樹がふと思いついた疑問を口にする。

「……権博士、本当にあの巫女のことをおぼえてなかったのかな。もしかして、あれは相手の怒りをかわすための策略だったんじゃないかと思うんだけど」

一条はその意見を躊躇せずに否定した。

「最近、いそがしくて次から次に仕事が来ていたから、たぶん、本当に忘れてる」

権博士が体調を崩したのも、無理がたたってのことだという。いそがしかったのは事実らしい。それにしても、と夏樹はいぶかしんだ。

「あんな強烈な婆（ばあ）さんを忘れちゃうものか？」

「そういうひとなんだ」

にべもない言いようだった。だが、それはまぎれもない事実だからなのだろう。

夏樹は、いとこに権博士との交際を考えるよう忠告したほうがいいかもしれないと、ふと思った。

（馬鹿なこと言っててんじゃないわよ、とか罵られちゃうだろうけど、知ってて知らないふりしてたってあとでネチネチ言われるほうが怖いものな）

夏樹が権博士との交際に否定的な意見を述べれば、深雪は喜ぶはずだが——それがなぜか、いまだに夏樹は気づいていない。この先も、きっと。

「おそらく、あの巫女は」

と、おもむろに一条が言った。

「名前や形からの連想を利用して幻術を行っていたんだろう。幻を送りこむわけだから、その媒介になった品は送り手のもとにしかない。橋の上にあやめ草が落ちていたように、その場に残ったとしても、見逃されてしまう。なるほどね。手がかりを残さないという点では便利だな」

「まるで、彼女のもとに弟子入りしてその術を会得したがっているみたいな口ぶりだな」

「あの巫女のもとに弟子入り？　ごめんだな。保憲さまひとりで、こちらは手いっぱいだ」

とは言いつつも、一条の横顔は妙に楽しげだった。

勘弁してくれよ、と夏樹は内心、大いに焦った。あの巫女と一条が組もうものなら、いま以上にとんでもないことが起こりかねない。

「これでもう、怪異は起こらないってことだよな？」

不安になった夏樹は、一条の関心をよそへ向けようとして、そう確認した。

「ああ。これで借りは返せたな」

「借りってなんの？」

一条は驚いたように目を瞠った。

「おぼえていないのか？」

「だから、何を？」

一条に借りを作らせたおぼえなど、夏樹にはまるでない。作ったおぼえは山ほどあるが。

「小男とか、牛頭馬頭以外に変なことはなかったか？　特に、おまえの太刀がからんだことで」

「太刀？　いや……」

危険なときには稲妻に似た白光を放つ太刀だが、大蛇と鬼女に襲われた際にはまったく光らなかった。まるで、その必要なしと太刀自身が判断したかのように。

確かにそれは正しかった。蛇も鬼も本物の物の怪ではなかったのだから。もしも、あのとき、一条の指示を聞き逃して鬼女を斬っていたら、夏樹はきっと生涯後悔しただろう。

「そういえば、うたた寝してるときに変な夢を見たかな。一条と真角とこの太刀が出てくる夢。残念ながら、詳しい内容は全然おぼえてないけど」

「おぼえていないのか」

心なしか、一条はホッとしたようだった。

「いい。そのまま忘れておけ」

「なんなんだよ、それ」

「気にするな」

訊いても教えてくれそうにない。仕方なく、夏樹は話題を変えた。

「それにしても、どうして、一条に向けて放った術がうちに来たんだろ」

「うん。その点に関しては、心当たりがひとつある」

「そうなのか？」

「戻ったら、まずそれを確かめてみないとな」

そう言っているうちに、それぞれの邸が見えてきた。うちに寄れよと一条が言うので、夏樹も自宅より先に、彼の家の門をくぐった。

途端に、邸から馬頭鬼が一匹走り出てきた。幻術ではなく、正真正銘のあおえだ。足音でも聞きつけてきたのか、両手を広げて、かなりの速さで近づいてくる。

「おかえりなさぁぁい」

夏樹は咄嗟に脇へよけたが、一条はその場から動かなかった。代わりに腕をのばし、あおえの顎(あご)をがしりと鷲(わし)づかみにする。抱きつこうとして失敗したあおえは、空振りした腕をばたつかせている。

「あおえ」

一条は馬頭鬼の顎から手を放すと、にっこりと微笑(ほほえ)んだ。あでやかな花のような笑みに、妙な凄(すご)みが漂う。何かが起こりそうな予感がして、夏樹は身をすくめた。

「ちょっと、頼みがあるんだが」

あおえは無邪気に首を傾げた。

「はい、なんでしょう？」

「出発のときに渡した人形、確かにこのあたりに埋めたんだよな？」

その瞬間、馬づらが凍りついた。視線が泳ぎ、鼻筋に汗の玉がぷつぷつと浮くのを、夏樹は確かに見た。同じものを、一条も見逃さなかった。

「調べたいんだ。掘り返してくれないか」

「や、やだなあ。帰る早々、なんなんでしょうねえ」

あおえは強ばった笑顔でそらとぼけた。何やら非常に後ろめたいことがあるようだ。

「ああ、また雨が降ってきそうですよ。ほら、早く家に入りましょうよ。一条さんだってお疲れなんでしょ？　お夜食になさいます？　それとも、湯浴みが先？　ああ、それとも、とっととお休みになりますか？」

なんとか話を逸らそうとしているのは明白だった。露骨すぎるその手に乗るような一条でもない。笑顔と冷ややかな声で、彼は屈強な馬頭鬼に脅しをかけた。

「いいから掘れ。ここでしっかり見ていてやるから」

とても拒めるような雰囲気ではない。あおえはじんわりと涙さえ浮かべて首を振った。

「い……、いやぁ……。一条さんの意地悪……」

「いいから掘るんだ」

再三、命じられ、あおえはしぶしぶ門前の土を掘り始めた。そこに何が埋まっているのか、知らないのは夏樹だけだ。

「ここに何があるんだ？　まさか、うちに起こった怪異と関係があるとか言うんじゃないだろうな」

「それは物が出てくればわかるさ」

一条は腕組みをしてあおえの働きぶりを監視している。まるで不正が行われるのを警戒する官吏のように。あおえも明らかにびくびくしている。

ほどなく、門前に何が埋まっていたのか判明した。それは木製の薄っぺらな人形だった。

人形の身体は大きく傾き、墨書きされた顔は横向きになっていた。人形の大きな目がみつめる先には、夏樹の邸が建っている。

「ほうほう。案の定だな。わざとなのか、偶然なのか、人形の向きを間違えたまま埋めたせいで、わが家に来るはずだった災難が、正面の家ではなく夏樹の邸に向かって跳ね返されたというわけか」

陰陽師でもない夏樹には、まだ事情がよく飲みこめずにいた。

「この人形になんの意味があるんだ？　誰がここに埋めたんだ？　正面の家に災難が行ったら、それはそれでまずくはないのか？」

夏樹の問いには応えず、一条はあおえをまっすぐにみつめていた。あおえは顔面蒼白になって、がたがたと震えている。もう弁解する気力も残っていないらしい。

「あおえ」

優しく微笑んだまま、一条はぼきぼきっと指を鳴らした。ぽつりぽつりと地に雨粒が落ちた。

小雨降る五月闇に馬頭鬼の悲鳴がこだましていく。弱々しげなそれは夜の小鳥のさえずりにも似て、近隣のひとびとの平和な眠りを妨げるほどではなかった。

めぐる災難

真夜中、女のすすり泣くような声が聞こえて、一条はぱちりと目をあけた。

数瞬ほど、自分がどこに寝ているのか、わからずに戸惑う。馴染みのある生家とは明らかに違うにおい、違う間取り。が、すぐに彼は思い出した。

（ああ、ここは……忠行さまのお邸だったな）

親元を離れた十二歳の一条は、都で陰陽道の大家・賀茂忠行の邸に寄宿していた。初めは、家の雑用を手伝う小舎人童として。それがひょんなことから陰陽師の才能ありと認められ、忠行の弟子として扱われるようになったのだ。

今日の昼間も、市井での加持祈禱に出向く忠行に同伴した。依頼は二十歳の娘を病で亡くした両親からのもので、

「娘の亡魂が、夜な夜な現れてはすすり泣くのです。僧侶に供養の読経を頼んでも静かなのは数日の間だけ。しばらく経てば、再びすすり泣きが聞こえてきます。お願いですから、どうにかしてください」とのことだった。

一条は師匠の指示に沿って祭壇をこしらえ、おぼえたての祭文を師匠とともに唱えもした。祈禱はつつがなく終わり、忠行も、

「これで娘御の霊も鎮まりましょう」

と太鼓判を押した。娘の両親は泣いて喜んでいた。まさか、その日の夜にかようなすすり泣きの声が聞こえてくるとは……。

普通の者ならば、「鎮めたはずの死霊がこちらについてきたのか！」と恐れおののいただろう。しかし、一条はふんと鼻を鳴らし、

(気のせいだな)

そう決めつけ、寝返りをうって夜具を頭から引きかぶった。こうすれば、死霊のすすり泣きはもちろん、余計な雑音は一切、耳に入らなくなるはず。

思惑通りに静寂を取り戻した一条は、すぐに眠りに落ちていった。夢も見ないほど熟睡し、朝の目醒めも快調で、夜中のすすり泣きなど記憶にとどめてさえいなかった。

彼よりも遅くに起きた忠行のもとへ朝餉を運んでいくと、忠行は弟子の顔をちらりと見やって尋ねた。

「夜中、妙な声が聞こえなかったか？」

一条は考えるより先に「いいえ」と返した。

「そうか」

忠行は小首を傾げたものの、それ以上は何も言わずに朝餉に箸をつけた。

一条がすすり泣きの件を思い出したのは、師匠の膳をさげてからだった。が、

「ま、いいか」

で済ませてしまった。あれは夢だったのか、現だったのか、確信が持てず、師匠に報告するまでもないと判じたのだ。

ところが、二日目の晩、一条はまたもや就寝中にすすり泣く声を聞き、目を醒ました。さすがに二夜続けてだと警戒心も湧く。一条は褥に仰向けに横たわったまま、視線をゆっくりと周囲にめぐらせた。

燈台の火はすでに落としてあったものの、遣戸が少しあいて、そこから外の月明かりが細く射しこんでいた。すすり泣きも、遣戸の隙間から室内へと流れこんでくる。

あの戸は寝る前にきちんと閉めていたはず。ひょっとして、相手はこちらにすすり泣きを聞かせるため、わざわざ戸をあけたのか――

（やれやれ）

一条は大儀そうにため息をついて半身を起こした。細くあいた遣戸のむこうにいるのが、先日の依頼の死霊だと仮定して、声をかけてみる。

「まだ現世に未練がおありですか」

肯定も否定も返ってこない。若い女のすすり泣きがか細く続くばかりだ。

一条は胸の内で、もう一度、やれやれとつぶやいた。忠行のもとへ行って、「先日、鎮めたはずの死霊が現れました！」と大仰に訴えてみようかとも考えたが、面倒くささが先に立った。

（自分ひとりでもどうにかなるか……）

寝乱れていた長い髪を後ろにかきやると、一条は夜具の上にすわり直し、両手を組んで目を閉じた。邸のほかの者たちには気づかれぬよう——気づかれたら説明が面倒だ——小声で、陰陽道の祭文を唱えてみる。ゆるやかな強弱をつけ、謡うがごとくに。それ用の巻物など広げずとも、すでに暗記済みの祭文は彼の唇からよどみなく流れていく。

ひと通り、祭文を唱え終えたときには、もうすでにすすり泣きは聞こえなくなっていた。気配もない。一条以外は誰も目醒めなかったようで、夜の賀茂邸はしんと静まり返っている。遣戸が細くあいていなかったら、すべては夢だったのかと思ってしまいそうだ。

「戸ぐらい閉めていけ」

ぶつぶつと言いながら一条は立ちあがり、戸を閉めて褥に戻った。夜具の中にもぐりこむや、あっという間に寝入ってしまう。

翌朝、いつものように忠行のもとへ朝餉を運ぶと、寝起きの師匠は開口一番、

「昨晩、何かあったか？」と問うてきた。

「はい。夜中にすすり泣きの声で目が醒めました」

今度はきちんと報告ができた。

「ほう、そうか」

忠行はさして驚いた様子もなく、羹をずずっとひと口すすってから言葉を継いだ。

「それで、どうした？」

「身も凍るほどおそろしゅうございましたが、こんな夜ふけに忠行さまの眠りを妨げるのもいかがなものかと思い、おぼえたての祭文を懸命に唱えました。すると、いつの間にか、すすり泣きは聞こえなくなり、安堵のあまり、わたしは朝まで気を失ってしまいました」

平然と脚色混じりの説明をする一条を、忠行は箸を進めながら面白そうに眺めている。この弟子の食えない本性は、すでに師匠の知るところとなっていたのだ。

「それは災難だったな。で、すすり泣きの正体はなんだと思う？」

「さあ、わたしのような未熟者にはさっぱり」

この間の依頼の、二十歳で死んだ娘の亡霊だろうなと、おおよその見当はついていた。だが、賢しらなことを言って、師匠に修行の難易度を上げる口実を与えてはならないと警戒し、わからぬふりを装う。忠行はそんな弟子の反応すら楽しんでいるふうだった。

「ふむ。無事に収まったのならばいいか……、と言いたいところだが」

瓜の漬け物をしゃくしゃくと咀嚼し、忠行は言った。

「死者と対するときは気を許してはならんぞ。生きているときとは違って道理が通じなくなり、予想外の執着を見せる場合も間々ある。この間の依頼元の娘御はまだ二十歳、それも未婚のまま身罷(みまか)ったというし、見目麗しい童(わらわ)に心惹(こころひ)かれ、徒(あだ)な執着心をいだいたとしてもおかしくはない」

　見目麗しいと評されて、一条は瞬間、口をへの字に曲げた。すぐにもとの位置に戻しおおせたので、並みの者なら気づきもしなかったろう。忠行は気づいたかどうだか、そこには触れず、

「ま、次またそのような怪異が起きたら、夜中だからと遠慮をせずにわしを起こしに来るのだな」

「わかりました」

　面倒くさ……と心中でぼやきながら、表向きは殊勝な顔をして、一条は頭を下げた。忠行もそれ以上はもう言わなかった。

　そして、三日目の夜——

　またもや一条は目を醒ました。が、すすり泣きが聞こえたわけではなかった。邸は静寂そのもので家鳴(やな)りひとつ聞こえてこない。遣戸はと見ると、きっちり閉まったままだった。

(気のせいか)

二度あることは三度あるというし、師匠から忠告もされた。そんなこんなで、自分で思っていた以上に気にしていたかもしれないな、と一条は苦笑した。

（まだまだ修行が足りないな……）

寝返りを打って仰向けになり、夜具の中でうーんと伸びをする。その直後、湿っぽくて冷たい何かが一条の頬に触れてきた。

髪の毛の感触だった。

ぎょっとして目を見開くと、枕もとから人影がせり出し、仰向けの一条を真上から覗きこんでいた。

若い女だった。

土気色の顔に、大きく見開かれた洞のような目。湿気を帯びた黒髪は長く垂れさがり、その幾筋かが一条の頬に接している。身にまとった白装束は、土の中から這い出てきたかのように泥で汚れており、胸から下は闇に溶けこんでしまって見えない。

いや……、そもそもないのだ。女の上半身だけが虚空に水平に浮かび、こちらをじっと凝視している。

彼女こそがすすり泣きの死霊であり、二十歳で病没し親を嘆かせていた娘だと、一条は直感で悟った。

結婚もまだなのに突然に亡くなってしまい、現世への未練が捨てられぬのだろうと親たちも言っていた。同情すべき点は多々ある。しかし、一条が強く感じたのは、不意を突かれた驚きと腹立たしさでしかなかった。

「うざい」

吐き捨てるように言うと同時に、一条は右の拳をまっすぐに突き出した。遠慮の欠片もない鉄拳が、女の顔面中央に炸裂する。

女はぎゃっと叫んでのけぞった。殴られた顔に驚愕の表情を貼りつかせたまま、たちまち闇に消えていく。

一条はすぐに身を起こし、二発目の拳を用意して身構えた。しかし、いくら待っても女は消えたままだ。

「……ふん。思い知ったか」

緊張を解いた一条は、あくびを放って夜具にもぐりこみ直した。死霊の代わりに睡魔がたちまちやってきて、彼は深い眠りへと落ちていく。

その後、死霊が枕もとに出現することはもちろん、夜中にすすり泣きが聞こえてくることも、一切なくなったのだった。


「――ということが、昔あったんだ」

脇息に肘をついた一条は、友人の夏樹を前に、数年前の自身の体験談を語っていた。

死霊に付け狙われた美少年の、身の毛もよだつ怪異譚……のはずが、思いもかけないオチがついてしまい、聞き手の夏樹は苦笑を禁じ得ない。

「生きていようと死んでいようと、口で言ってもわからないやつには拳でわからせるしかない。それを実感した一件だったな」

「なるほどね」

それで、あおえに対してあの態度か……、と夏樹が納得していたところへ、当のあおえが折敷(おしき)を手に現れた。

「お待たせしましたぁ。枇杷(びわ)を洗ってきましたよぉ」

もとは冥府(めいふ)の獄卒だった馬頭鬼(めずき)は水干(すいかん)を身にまとい、甲斐甲斐(かいがい)しく給仕をしてくれた。

「おっ、うまそうだな」

折敷に盛られた瑞々(みずみず)しげな枇杷を見て夏樹は目を細めたが、一条は友とは違う意味で目を細めた。

「どれも小さいな……。もっと大ぶりでうまそうな枇杷があったはずだが」

「えっ？　ああ、あれですか」

馬頭鬼の耳がぴくぴくっと小刻みに震えた。

「虫食いがあったんですよ。だから、小ぶりなほうを持ってきました」

「虫食い？」

一条はせっかくの端整な顔をぐっと歪(ゆが)め、あおえを睨(にら)みつけた。

「そんなもの、そこだけ取り除けばいいじゃないか」

「えっ、ええ。そうですよね。わたしも最初、そう思ったんですけど、試しに切ってみたら虫食いだけじゃなく傷みもひどくてぇ」

あおえは一条の視線から逃れようとするかのように顔を背け、盛んに目をしばたかせた。ふたつの耳はもはや隠しようもないほど激しく震え、声も完全にうわずる。やましいことがありますと、全身で白状しているも同然だった。

「中のほうまで傷んでいて、熟れていてとてもおいしそうだったんですけど、はい、もう、香りも甘くて汁気もたっぷりで、まさに食べ頃で、気がついたら——」

「気がついたら？」

優しいとさえ言える口調で一条が促す。あおえもつい、それに乗ってしまい、

「いちばん大きかった枇杷が、丸々ひとつ、わたしの口の中に……」

「この馬鹿が！」

自白が終わるより先に、一条が拳をくり出した。拳は馬づらの真ん中にぶち当たり、あおえはぎゃっと悲鳴をあげて後ろにひっくり返る。

「ひ、ひどいぃ」

「何がひどいだ。どうせ、虫食いがあったなんていうのも口から出任せなんだろうが」

「そんなことはないですって。本当にあったんですよ。まあ、その、傷んでいたってい

うのは言い過ぎだったかもしれませんけど……」

　ごにょごにょと言い訳する声が次第に弱々しくなっていく。

「で、うまかったか？」

　一条が訊くと、あおえは満面に至福の笑みを浮かべて応えた。

「はい、とびっきりおいしかったです！」

　たちまち二発目の鉄拳が飛び、馬頭鬼の二度目の悲鳴が部屋にこだました。

「やめてくださいよぉ、痛いですよぉ」

「面の皮がそれだけ厚ければ、これぐらい平気だろうが」

「心が痛むんですってばぁ。一条さんのいけず」

「おまえ、ちゃんと反省してるか？」

　言い合うふたりの間に入ってもいけず、夏樹は彼らから目をそらして、小ぶりな枇杷を手に取った。皮を剝き、実に軽く歯を立てたと同時に口中に果汁が広がった。

「うん、うまい」

　これはこれで充分に甘いなと、夏樹は満足して微笑んだ。

　果実の甘い香りは口の中だけでなく、部屋いっぱいに広がっていく。その芳香に気づいたのだろう、一条が振り返り、「うまいか？」と尋ねた。

「ああ、小ぶりでもすごく甘いぞ。食べてみろよ」

勧められるままに、一条も枇杷をひとつ手に取って皮を剝き、口に放りこんだ。たちまち、表情の険がやわらいでいく。

「うん、甘いな」

「だろ？」

夏樹と一条が仲よく枇杷を食んでいる間に、あおえは立ちあがり、

「冷たいお水も持ってきますね」

二発殴られた影響など微塵も感じさせず、厨へといそいそと駆けていった。

あとがき

本書『五月雨幻燈』の旧文庫版では、冒頭で馬頭鬼のあおえが人物紹介を務めていた。ちょっとテンションが高すぎる嫌いがないでもないが、せっかくなのでこの新装版にもそのときの人物紹介を、若干の修正を加えた上で収録させていただいた。次からは普通な感じの人物紹介がさりげなぁく入る予定なので、どうかご理解を願いたい。

今回、登場の辻のあやこは、けっこうお気に入りのキャラクターである。当時は七十代くらいを想定して書いていたが、息子たちとの兼ね合いを考えると、実はもっと若くて六十代だったのかもしれない。

彼女の名に、歴史好きのかたはピンと来ただろう。その昔、平安京に住む多治比文子なる巫女に託宣が下り、菅原道真公を祀る社が建てられた。これが北野天満宮の始まりであった——との話から持ってきている。名字の辻は、複数の道が交差する辻は古くから特別な場所とみなされ、辻を通るひとびとの会話から占う〈辻占〉などもあって、巫女が名乗るに相応しい名かと思ったからだった。

さてさて、話は変わるが、先日、用あって浅草に行ってきた。

かつては外国人観光客でにぎわい、通り抜けるのも大変だった仲見世通りは、昨今のコロナ禍の影響で見るからにひとが減っていて、珍しい景色を眺めているような心地にさせられた。

こういうときこそ、浅草の観音さまにしっかりアピールしておこうと、ちょっぴり多めにお賽銭をあげて。さっそく、その成果が出たのか、おみくじは大吉だった。ほくほく。

浅草寺のおみくじは凶が多いという話をよく聞くが、凶が出たなら出たで、

「あらら。今日は観音さまに叱られちまったな。どうもすみませんでしたー」

と謙虚な気持ちでおみくじを結んでおけばよし、と勝手に思っているので、怖がる必要はないない。たまにヒートアップして、

「えっ？　『いまやっている仕事、どうですかねー』って念じつつ引いたおみくじが凶？　それってどういうことですか。じゃあ、じゃあ、コレをこうした場合はどうなりますかね、観音さま！」

と念じつつ、再度おみくじをひく、なんてこともある。そうやって、一回百円のおみくじを何度、引いたことか。ときには、

「よっしゃ。今日はたっぷり相談しちゃうぞ」

と、秋葉原でガチャガチャに突撃するときのように、大量の百円玉を握りしめて臨むこともある。いわば、観音さまとの会話を楽しんでいる感じだ。

イメージとしては、よく言えば至極真っ当で品行方正、清廉潔白、アレな言いかたをするとやや頭の固い、ものすごく年上のかたと話しているみたいな。西暦六二八年に漁師の網にかかった仏像がご本尊なので、ざっと千四百歳だ。重ねた年数が半端ではないので、迷ったときの相談相手にはもってこい。ただし、長期予測は無理っぽいかなといった印象がある。もちろん、個人の感想である。

それはともかく、大吉を引いて気分が良くなったところで、雷門脇の黒田屋本店へ直行。和雑貨や和紙を取り扱うお店である。浅草に来るとここに寄って、心の中でうほうほと歓喜の声をあげながら、美麗な和紙を漁るのがわたしのお約束となっている。

今回、行ってみると、なんと妖怪アマビエの団扇やマグネットが売っていた。いまさら説明するまでもない、疫病よけになると噂のマーメイド、あのアマビエである。

あんなマイナー妖怪がこれほどもてはやされるようになるとは、正直、夢にも思わなかった。これなら、いつかアマビエ柄の和紙も出るのかなと想像してみたが、さすがにそれは無理だろう。

やはり、松竹梅といった縁起のいい柄が好まれるわけで、団扇のような夏限定のものならばともかく、お化け柄の和紙はいまだに見たことがない。妖怪はそもそも恐怖や不安から生まれたものであり、縁起がいいとはとても言いがたいのだから仕方がないが。

と、考えたところで、

「いや、待てよ。ダルマや招き猫の柄なら普通にあるな。ダルマはともかくとして、招き猫なんかはある意味、化け猫の一種なわけだから、アマビエ柄もあながちできなくもなかったりして……？」

そんなふうに妖怪の新たな可能性に心を飛ばしつつ、金魚柄の和紙といっしょにアマビエの団扇とマグネットを購入。ささやかながら、浅草の経済を廻(まわ)してきた。あと、わたしにできることといったら、浮き世の憂さを忘れてしまうほど面白い話が書けるように努力を重ねる、それしかあるまい。

どうか、本書が皆々さまの憂さを少しでも晴らす手助けとなりますように。

令和二年八月

瀬川貴次

本書は一九九七年五月に集英社スーパーファンタジー文庫より刊行されました。
集英社文庫収録にあたり、書き下ろしの「めぐる災難」を加えました。

本文デザイン／AFTERGLOW
イラストレーション／Minoru

集英社文庫

暗夜鬼譚（あんやきたん） 五月雨幻燈（さみだれげんとう）

2020年9月25日　第1刷　　定価はカバーに表示してあります。

著　者　瀬川貴次（せがわたかつぐ）

発行者　徳永　真

発行所　株式会社　集英社
東京都千代田区一ツ橋2-5-10　〒101-8050
電話　【編集部】03-3230-6095
【読者係】03-3230-6080
【販売部】03-3230-6393（書店専用）

印　刷　中央精版印刷株式会社　株式会社美松堂

製　本　中央精版印刷株式会社

フォーマットデザイン　アリヤマデザインストア　　マークデザイン　居山浩二

ISBN978-4-08-744157-4 C0193